竞技武术套路动作库

国家体育总局武术运动管理中心　审定

枪术

人民体育出版社

图书在版编目（CIP）数据

枪术 / 国家体育总局武术运动管理中心审定. -- 北京：人民体育出版社, 2023
（竞技武术套路动作库）
ISBN 978-7-5009-6320-2

Ⅰ. ①枪… Ⅱ. ①国… Ⅲ. ①枪术(武术)—套路(武术)—中国 Ⅳ. ①G852.23

中国国家版本馆CIP数据核字(2023)第097522号

*
人民体育出版社出版发行
北京新华印刷有限公司印刷
新　华　书　店　经　销
*
710×1000　16开本　12.25印张　158千字
2023年9月第1版　　2023年9月第1次印刷
印数：1—3,000册
*
ISBN 978-7-5009-6320-2
定价：48.00元

社址：北京市东城区体育馆路8号（天坛公园东门）
电话：67151482（发行部）　　邮编：100061
传真：67151483　　邮购：67118491
网址：www.psphpress.com
（购买本社图书，如遇有缺损页可与邮购部联系）

编 委 会

主　　任　陈恩堂

副 主 任　徐翔鸿　杨战旗　陈　冲

总 主 编　陈恩堂

副总主编　樊　义　李英奎

主编

王晓娜（长拳）　　王　怡　刘海波（刀术）

范燕美　冯静坤（剑术）　　崔景辉　于宏举（棍术）

解乒乒　张继东（枪术）　　李朝旭　黄建刚（南拳）

魏丹彤（南刀）　　黄建刚　李朝旭（南棍）

李　强　周　斌（太极拳）　　吴雅楠　吕福祥（太极剑）

为武术更加灿烂的明天

——总结经典 传承经典 创造经典

陈恩堂

竞技武术套路动作库从立项到推出，历时3年有余，历经艰辛探究，今日终于得以付梓，令人欣喜万分。我谨代表国家体育总局武术运动管理中心、武术研究院、中国武术协会，对竞技武术套路动作库出版成书表示热烈的祝贺！

中华武术源远流长，博大精深，是中华民族优秀传统文化的瑰宝。古往今来，在武术发展的历史长河中，产生了许多独具特色的拳种流派，涌现了许多身怀绝技的武林高手，流传着许多让人津津乐道的传奇故事。历代的武术先辈们给我们留下了丰厚的武术遗产。作为新时代的武术人，把这份丰厚的武术遗产继承好、发展好，是我们义不容辞的责任。

把武术先辈们留下的丰厚武术遗产继承好、发展好，首先就是要对其进行系统地总结，在总结的基础上加以传承，在传承的过程中进行创新。竞技武术套路动作库，正是遵循这样的思路，总结经典，传承经典，创造经典。

——总结经典。竞技武术套路动作库，当前共收录具有源流和传统名称的武术经典动作1941式，分为长拳、刀术、棍术、剑术、枪术、南拳、南刀、南棍、太极拳、太极剑共10个子库，如字典汇编，毫分缕析，系统总结了长拳、南拳、太极拳三大拳种的经典动作，规范了技术方法，确定了技术标准，突出武术技击本质，展示武术攻防内涵。每一个经典动作都有源流出处，都具有传统名称，不仅符合人民群众对武术古往今来的认知，更是彰显了中华传统文化符号的经典魅力，充分体现了中华文化自信。

——传承经典。竞技武术套路动作库，通过总结经典，实现武术经典动作的标准化和规范化，本身就是对武术历史经典的传承。这些标准化、规范化的经典动作，既可供武术专业运动员在比赛中选用，让运动员的整套动作演练更具可比性，更加符合现代奥林匹克运动的特征，同时，也适合广大武术爱好者尤其是青少年朋友学习掌握，将专业和业余打通，普及和提高一体。通过竞技武术套路动作库，每一个武术习练者、爱好者都会成为武术经典的传承者，武术文化的传播者。

——创造经典。竞技武术套路动作库，不仅是在总结经典、传承经典，也在创造经典。人民群众有无限的创造力。人民群众在历史上创造了武术的经典，今后也必将继续创造武术新的经典。当前收录的1941个武术经典动作只是动作库的首期工程，今后每年都会更新，进行动态调整。创新动作经过中国武术协会审定通过后，将会成为竞技武术套路动作库的一部分，这充分体现了对中华优秀传统文化的创造性转化、创新性发展。

竞技武术套路动作库的推出，是武术运动科学化、标准化的又一重要标志，是武术运动发展史上具有里程碑意义的大事，凝结了全体武术人的智慧和汗水。在此，我谨以国家体育总局武术运动管理中心、武术研究院、中国武术协会的名义，向所有为竞技武术套路动作库付出不懈努力的武术前辈、专家、运动员、教练员、裁判员和工作人员们表示衷心的感谢！向所有关心支持武术事业改革发展的各界人士表示衷心的感谢！

国运兴则体育兴，国运兴则武术兴。在中华民族伟大复兴的新征程上，作为中华民族传统体育项目和优秀传统文化的代表，武术必将在体育强国、文化强国和健康中国建设中发挥着独特作用。竞技武术套路动作库，是武术发展的新的起点，为武术在更高水平的传承和繁荣开辟了新的道路，为武术进一步现代化、国际化奠定了重要基础，为武术走向奥林匹克大舞台迈出了坚实步伐。我们相信，以此作为新的起点，通过全体武术人的团结奋斗，武术的魅力将更加显现，武术的未来将更加美好！

2023年7月1日

（作者为国家体育总局武术运动管理中心主任、党委书记，国家体育总局武术研究院院长，中国武术协会主席）

CONTENTS / 目录

1 步型

1.1 弓步

弓步001
传统术语：流星赶月。
现代术语：弓步劈扎枪。
源流：形意枪第十六式。
技法：劈、扎。

动作过程： 左腿提起向前落地屈膝成左弓步；同时，双手持枪由上向下劈枪，随即右手推送枪把向前平扎枪；目视枪尖。
动作要点： 劈枪、扎枪协调一致；劈枪力达枪身前段，扎枪力达枪尖。

弓步002

传统术语：边拦式。

现代术语：弓步侧架枪。

源流：《纪效新书》马家枪第六式。

技法：架。

动作过程：左脚、右脚依次向前上步，屈膝成右弓步；同时，双手持枪由后向前下方斜架枪，枪尖斜向下；目视前方。

动作要点：弓步、侧架动作要协调配合；力达枪身前段。

弓步003

传统术语：追风赶月。

现代术语：转身弓步戳把。

源流：形意十三枪第十二式。

技法：戳。

动作过程： 右脚向右开步，屈膝成右弓步；同时，左手握枪向右推送，右手握枪向右斜上方戳把；目视枪把。

动作要点： 戳把一气呵成；力达把端。

弓步004

传统术语：铁幡竿式。

现代术语：转身弓步拿扎枪。

源流：《手臂录》第十七式。

技法：拿、扎。

动作过程： 左脚向左上步，身体向左后转体，右脚向左脚前落步屈膝成右弓步；同时，双手持枪随身体平摆，随即内旋拿枪，向前平扎枪；目视枪尖。

动作要点： 转身、弓步扎枪动作要连贯协调；扎枪力达枪尖。

弓步005

传统术语：泰山压顶。

现代术语：转身弓步抡劈把。

源流：《纪效新书》第十九式。

技法：劈。

动作过程：（1）左脚向前上步屈膝成左弓步；同时，右手握枪身前端由右至左贴地前扫，左手由左向前平摆至枪颈处；目视枪把。

（2）身体右转屈膝成右弓步；同时，双手持枪向上、向右、向下弧形劈把，枪身触地，上体侧倾；左手侧举于体侧；目视下方。

动作要点：转身要快，劈把有力；力达把端。

弓步006
传统术语：推山填海。
现代术语：跳弓步推枪。
源流：《纪效新书》第二十二式。
技法：推。

动作过程：（1）身体右转，右脚向前上步；同时，双手持枪使枪尖向左、向下弧形挑举于身体左前方，枪尖斜向上；目视左前方。
（2）右脚蹬地，身体腾空，随即左脚、右脚依次落地屈膝成右弓步；同时，双手持枪使枪尖由后向前下方弧形推举，枪尖斜向下；目视左前下方。

动作要点：双脚跳步轻灵，落地要稳；力达枪身前段。

弓步007

传统术语：磨旗枪式。

现代术语：弓步拿扎枪。

源流：《耕余剩技》第五式。

技法：拿、扎。

动作过程：（1）左脚向左开步，左膝弯曲；同时，右手持枪位于身体右侧，左手侧举于头前上方；目视前下方。

（2）身体右转，左脚蹬地向前上步屈膝成左弓步；同时，左手接握枪身，双手持枪做拿枪动作，随即向右前方平扎枪；目视前方。

动作要点：上步要快；扎枪力达枪尖。

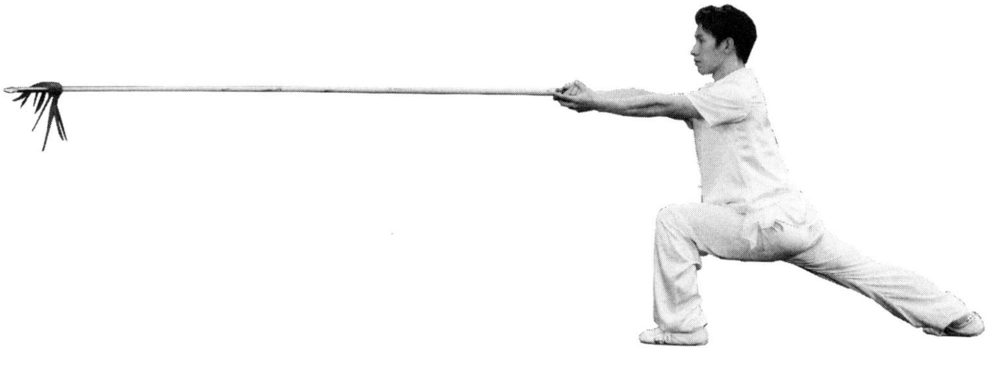

弓步008

传统术语：苍龙摆尾。

现代术语：弓步扎枪亮掌。

源流：《纪效新书》第十八式。

技法：扎。

动作过程： 右脚向左脚前跃步后，左脚向前落步屈膝成左弓步；同时，右手握枪把向右斜下方扎枪，随即左手由下向左弧形摆举至头斜上方；目视右下方。

动作要点： 右脚跨越勿触及枪身；扎枪力达枪尖。

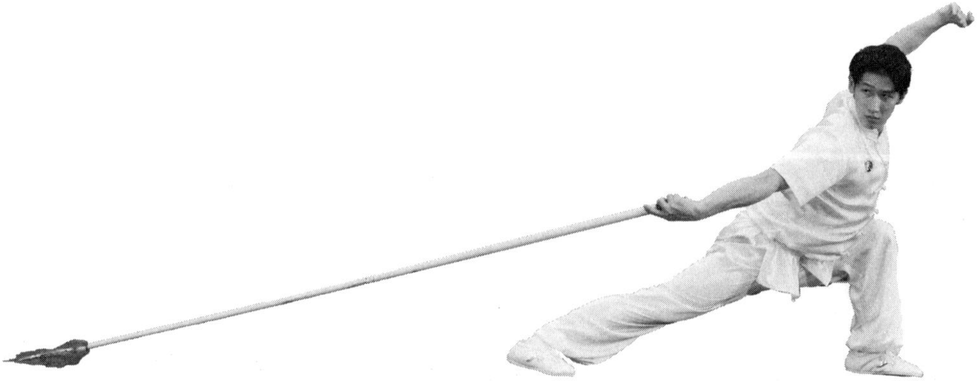

弓步009

传统术语：压山探海。

现代术语：跳弓步压枪。

源流：《纪效新书》第十九式。

技法：劈。

动作过程：（1）左脚上步，左腿屈膝；同时，双手持枪由上向下劈枪；目视枪尖。

（2）左脚蹬地，身体腾空，右脚、左脚依次向前落地屈膝成左弓步；同时，双手持枪使枪尖经后上方向前下方弧形下劈；目视枪尖。

动作要点：跳步轻灵，压枪有力；力达枪身前段。

弓步010

传统术语：波骇云属。

现代术语：踮跳绞扎。

源流：少林十三枪第三式。

技法：拦、拿、扎。

动作过程：左脚蹬地，右脚、左脚依次向前落步成左弓步；同时，双手持枪外翻拦枪内扣拿枪，随即向前扎枪，枪与肩平；目视枪尖。上述动作重复三次。

动作要点：动作连贯，刚柔相济；扎枪力达枪尖。

弓步011
传统术语：穿心枪。
现代术语：弓步刺枪。
源流：少林十三枪第五式。
技法：扎。

动作过程：右脚向右开步屈膝成右弓步；同时，右手向上划握，左手接握枪把向前推枪做平刺动作，枪与胸平；目视枪尖。

动作要点：上步要快；扎枪力达枪尖。

弓步012

传统术语：拦腰枪。

现代术语：弓步拦拿扎。

源流：少林十三枪第十式。

技法：扎。

动作过程： 左脚、右脚依次向前上步屈膝成右弓步；同时，双手持枪做拦拿动作，随即右手握把向前推扎枪，枪与胸平；目视枪尖。

动作要点： 上步要快，拦拿要圆；扎枪力达枪尖。

弓步013
传统术语：凤凰点头。
现代术语：弓步点枪。
源流：少林十三枪第十一式。
技法：点。

动作过程： 左脚向左上步屈膝成左弓步；同时，双手持枪使枪尖由上向下点枪；目视前方。

动作要点： 上步要快，身械协调一致；点枪力达枪尖。

弓步014
传统术语：卧龙枪。
现代术语：弓步枕枪。
源流：少林十三枪第十三式。
技法：戳。

动作过程： 左脚向左上步屈膝成左弓步；同时，双手持枪向右下方戳枪，左前臂向上竖于左肩前，右臂置于右腿外侧，枪身斜贴于体前；目视枪把。

动作要点： 身械配合一致；力达把端。

弓步015

传统术语：鹂鸟入林。

现代术语：弓步扎枪。

源流：少林十三枪第十七式。

技法：扎。

动作过程：左脚、右脚依次向前上步，身体左转360°，左脚落步屈膝成左弓步；同时，双手持枪随转体由上向下抡枪，随即向左侧下方扎枪；目视枪尖。

动作要点：扎枪迅猛，快速弹回；力达枪尖。

弓步016

传统术语：平心刺枪。

现代术语：弓步刺枪。

源流：少林十三枪第二十一式。

技法：扎。

动作过程：身体左转，左脚提起向前落地屈膝成左弓步；同时，双手持枪由右向左下方拨枪，随即做拿枪动作后右手前推使枪向前平刺，枪尖与胸平；目视枪尖。

动作要点：提膝下拨协调一致；扎枪力达枪尖。

弓步017
传统术语：回头望月。
现代术语：弓步背枪。
源流：少林十三枪第二十八式。
技法：背。

动作过程： 右脚蹬地，左脚、右脚依次落步屈膝成右弓步；同时，左手持枪由右上方向左下方贴于背部，枪尖向左下方；右拳横架于右肩侧；目视枪尖。

动作要点： 肩臂夹紧，枪贴于身。

弓步018

传统术语：正门枪。

现代术语：弓步拿扎枪。

源流：少林拳体系。

技法：拿、扎。

动作过程：（1）左脚向左点地；同时，双手持枪在头顶上方外翻拦枪。

（2）左脚落步屈膝成左弓步；同时，双手持枪内旋拿枪，随即右手推把向前扎枪；目视枪尖。

动作要点：动作连贯，蹬腿拧腰发力；扎枪力达枪尖。

弓步019

传统术语：左门枪。

现代术语：左前弓步拦拿扎枪。

源流：少林拳体系。

技法：拦、拿、扎。

动作过程：左脚向左前方上步屈膝成左弓步；同时，双手持枪外翻拦枪内扣拿枪，随即右手推把向左前扎枪；目视枪尖。

动作要点：动作连贯，扎枪有力；力达枪尖。

弓步020

传统术语：右门枪。

现代术语：右前弓步拦拿扎枪。

源流：少林拳体系。

技法：拦、拿、扎。

动作过程：身体右转，左脚向右前方上步屈膝成左弓步；同时，双手持枪外翻拦枪内扣拿枪，随即右手推把向右前扎枪；目视枪尖。

动作要点：扎枪要平；力达枪尖。

弓步021
传统术语：挑走式。
现代术语：云拨枪弓步上崩枪。
源流：少林拳体系。
技法：云、拨、崩。

动作过程：（1）左脚向左开步；同时，双手持枪使枪尖向右、向后云拨至右前方拨枪，随即使枪尖再向左、向后平云至左前方拨枪；目视枪尖方向。
（2）上动不停，重心右移屈膝成右弓步；同时，双手持枪向上崩枪；目视枪尖。

动作要点：云枪顺畅，拨枪短促，崩枪迅疾；崩枪力达枪身前段。

弓步022

传统术语：踢山挑石。

现代术语：踢腿舞花弓步挑拨枪。

源流：少林拳体系。

技法：格挡、挑。

动作过程：右腿向上侧踢后向前落步，身体右转360°，左脚、右脚依次向前上步屈膝成右弓步；同时，双手持枪使枪尖向上、向后、向下经身体右侧向上立圆舞花，随即经身体左侧向前、向上挑拨；目视枪尖。

动作要点：舞花立圆，协调连贯；挑枪力达枪尖。

弓步023

传统术语：脚面枪。

现代术语：翻身盖把弓步下戳枪。

源流：少林拳体系。

技法：戳。

动作过程： 左脚向左前方上步，右脚、左脚依次上步，身体左转360°屈膝成左弓步；同时，双手持枪随转体沿身体左侧划弧一周，随即枪尖向前下方戳枪；目视枪尖。

动作要点： 滑把迅速，下戳枪短促有力；力达枪尖。

弓步024

传统术语：回头观阵。

现代术语：绞压枪弓步带枪。

源流：少林拳体系。

技法：绞。

动作过程：左脚向左开步，身体右转屈膝成右弓步；同时，双手持枪使枪尖由左向右划弧成绞压枪，随即身体右转带枪，枪身贴身，枪尖向左斜下方接近地面；目视左下方。

动作要点：动作要刚柔相济，拧胯合身；力达枪身前段。

弓步025

传统术语：穿肠枪。

现代术语：弓步抱扎枪。

源流：少林拳体系。

技法：扎。

动作过程：左脚向左开步屈膝成左弓步；同时，右手握枪把置于右腹侧，左手手心向上托枪身，向前上方推扎枪，枪尖斜向上；目视枪尖。

动作要点：扎枪迅猛有力；力达枪尖。

弓步026

传统术语：回马枪。

现代术语：转身弓步下戳枪。

源流：少林拳体系。

技法：戳。

动作过程：左脚向后撤步，右腿屈膝成右弓步；同时，右手握于枪颈处，左手接握枪身，随即使枪尖经右侧贴身下戳，枪尖斜向下；目视枪尖。

动作要点：戳枪短促有力；力达枪尖。

弓步027
传统术语：透心枪。
现代术语：弓步左手扎枪。
源流：少林拳体系。
技法：扎。

动作过程： 右脚上步起跳，左脚、右脚依次落步屈膝成右弓步；同时，双手持枪使枪尖沿身体右侧由后向前弧线上挑，左手向前上方推把扎枪，随即抽回；目视枪尖。

动作要点： 身械协调配合，扎枪迅速；力达枪尖。

弓步028

传统术语：咽喉枪。

现代术语：换把转身弓步扎枪。

源流：少林拳体系。

技法：扎。

动作过程：身体左转，左脚向前上步屈膝成左弓步；同时，双手持枪使枪尖沿身体左侧由后向前弧线上挑，随即右手向前上方推扎并迅速回收至右腰间，枪尖高于头；目视枪尖。

动作要点：扎枪短促迅猛；力达枪尖。

弓步029

传统术语：定心枪。

现代术语：弓步扎枪。

源流：少林拳体系。

技法：扎。

动作过程： 身体左转90°，左脚向前落步屈膝成左弓步；同时，右手持枪握把，左手滑至枪中段握枪，使枪尖随转体平拨，随即右手向前推把扎枪；目视枪尖。

动作要点： 扎枪迅猛，合肩合肘；力达枪尖。

弓步030

传统术语：瞎子探路。

现代术语：弓步挑把。

源流：少林拳体系。

技法：挑把。

动作过程：右脚向前上步屈膝成右弓步；同时，双手持枪使枪把沿右腿外侧向前、向上挑把，高与肩平，枪尖向后，枪呈水平担在右肩上；目视枪把。

动作要点：动作连贯协调；挑把力达枪把端。

弓步031

传统术语：野马退槽。

现代术语：马步拨把弓步扎枪。

源流：少林拳体系。

技法：拨、扎。

动作过程：（1）身体左转，左脚向左撤步成马步；同时，双手持枪使枪把向右拨把至右前方；目视枪把。

（2）上动不停，重心上移，左脚向前上步屈膝成左弓步；同时，双手持枪在身体两侧立圆舞花，右手由腰间向前推把扎枪，随即抽枪收至腰间，枪尖高与眼平；目视枪尖。

动作要点：拨把清楚，扎枪迅猛，短促有力；力达枪尖。

弓步032

传统术语：覆海移山。

现代术语：穿枪弓步拦拿扎枪。

源流：少林拳体系。

技法：拦、拿、扎。

动作过程：（1）左脚向后插步；同时，左手持枪向右迅速推送使枪身穿过右手，右手握住枪把，枪与肩平；目视枪尖。

（2）上动不停，身体右转，左脚上步，右脚向后落步屈膝成左弓步；同时，双手持枪外翻拦枪内扣拿枪，随即右手向前推把扎枪，枪与肩平；目视枪尖。

动作要点：动作连贯一致，刚柔相济；力达枪尖。

弓步033
传统术语：一枪分心。
现代术语：跳弓步拿扎枪。
源流：少林拳体系。
技法：拿、扎。

动作过程： 左脚蹬地，右脚盖跳步落地，左脚向前上步屈膝成左弓步；同时，双手持枪外翻拦枪内扣拿枪，随即右手向前推把扎枪，枪与肩平；目视枪尖。

动作要点： 盖跳轻灵，扎枪短促；力达枪尖。

弓步034

传统术语：穿喉枪。

现代术语：弓步架掌扎枪。

源流：少林拳体系。

技法：扎。

动作过程： 右脚向前上步震脚，左脚、右脚依次向前上步屈膝成右弓步；同时，右手握枪把随上步从腰间向前推把扎枪，枪与肩平；左手上架于头顶上方；目视枪尖。

动作要点： 弓步和扎枪架掌同时完成；扎枪力达枪尖。

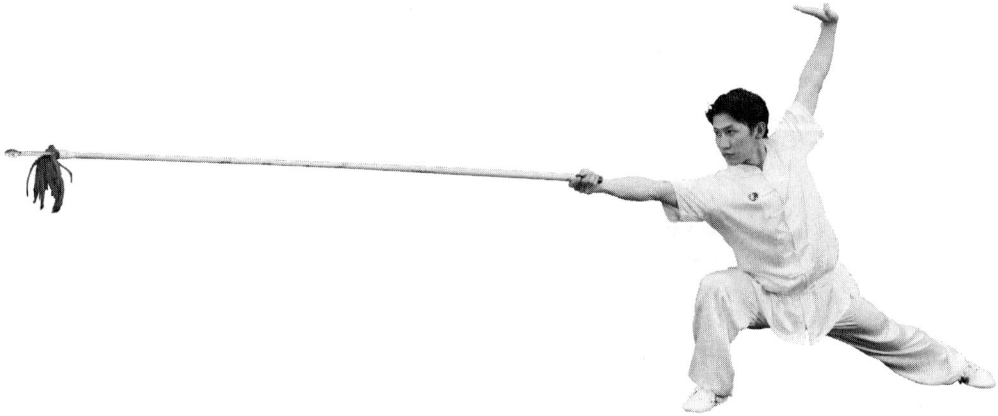

弓步035

传统术语：连三枪。

现代术语：弓步拦拿扎枪。

源流：少林拳体系。

技法：拦、拿、扎。

动作过程： 右脚、左脚依次向左前方上步屈膝成左弓步；同时，双手持枪外翻拦枪内扣拿枪，随即右手向前推把扎枪，枪与肩平；目视枪尖。

上述动作重复三次。

动作要点： 拦、拿、扎枪要连贯有力；力达枪尖。

弓步036

传统术语：追蛇扎穴。

现代术语：左右下扎枪弓步上扎枪。

源流：少林拳体系。

技法：扎。

动作过程： 左脚上步屈膝成左弓步；同时，双手持枪向左前下方、右前下方、正前上方连续扎枪，枪尖高于头；目视枪尖。

动作要点： 扎枪快速连贯；力达枪尖。

弓步037
传统术语：驻马抄沙。
现代术语：拍脚架背枪。
源流：少林拳体系。
技法：格、挡。

动作过程：（1）身体右转；同时，左手持枪由上向下划弧，枪身置于左腋下成背枪，枪尖向下；右手抱拳于腰间；目视前方。
（2）上动不停，右脚蹬地，脚面绷直；同时，右手插掌迎击右脚面，高与肩平；目视右脚。
（3）上动不停，右脚向前落步屈膝成右弓步；同时，右掌变拳经腹前上架于头右上方，拳眼向下，枪尖斜向左下方；目视枪尖。

动作要点：击拍响亮，背枪贴身；力达枪身前端。

弓步038

传统术语：梨花摆头。

现代术语：插步拦拿弓步扎枪。

源流：查拳体系大花枪。

技法：拦、拿、扎。

动作过程： 右脚经左腿后向左插步，左脚上步屈膝成左弓步；同时，双手持枪做拦拿动作，随即向前扎出；目视枪尖。

动作要点： 身械协调；力达枪尖。

弓步039

传统术语：握蛇闯阵。

现代术语：盖跳步弓步拦拿扎枪。

源流：查拳体系大花枪。

技法：拦、拿、扎。

动作过程： 左脚蹬地，右脚盖跳步落地，左脚向前上步屈膝成左弓步；同时，双手持枪做拦拿动作，随即向前扎出；目视枪尖。

动作要点： 拦枪要在空中完成；扎枪力达枪尖。

弓步040

传统术语：活挪对进式。

现代术语：跳插步拦拿扎枪。

源流：《耕余剩技》第六式、第二式。

技法：拦、拿、扎。

动作过程：（1）左脚向左跃步，右脚经左腿后向左插步；同时，双手持枪做拦枪动作，目视枪尖。

（2）左脚向左前方上步屈膝成左弓步；同时，双手持枪做拿枪动作，随即向前中平扎枪；目视枪尖。

动作要点：上步要快，拦拿要圆；扎枪力达枪尖。

弓步041

传统术语：朝天式。

现代术语：下挂弓步扎枪。

源流：《纪效新书》第四式，《耕余剩技》第二式。

技法：挂、扎。

动作过程：（1）左腿屈膝提起，脚尖向下；同时，左手向上举枪握于枪身前段，右手握枪把于右腰侧；目视枪尖。

（2）左脚向左前方落步，右脚绕过左腿向左前方上步屈膝成右弓步；同时，双手持枪使枪尖由上向左下方划弧下挂，随即向前中平扎枪；目视枪尖。

动作要点：上步挂枪要快；扎枪力达枪尖。

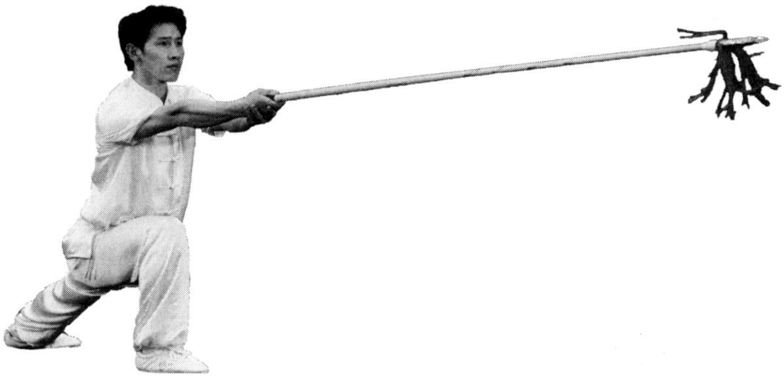

弓步042

传统术语：青龙献爪。

现代术语：拗弓步单手扎枪。

源流：《纪效新书》第五式。

技法：扎。

动作过程： 右脚向后落步，左腿稍屈膝成拗弓步；同时，右手向前平伸扎枪，左手变掌向后平伸，掌指向后；目视枪尖。

动作要点： 保持重心平稳；扎枪力达枪尖。

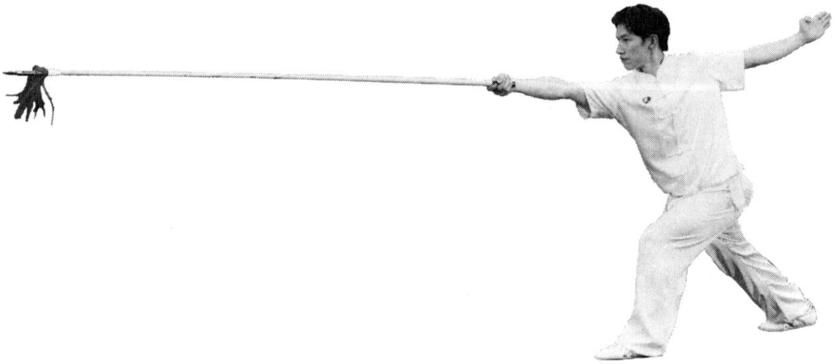

弓步043

传统术语：顺风使帆。

现代术语：弓步拦拿枪。

源流：《耕余剩技》第五式、第二式。

技法：拦、拿、扎。

动作过程：（1）左脚上步；同时，右手握把向前扎枪；左手向后平伸，掌指向后；目视枪尖。

（2）重心下移屈膝成左弓步；同时，双手持枪做拦拿动作，随即向前中平扎枪；目视枪尖。

动作要点：上步要快，拦拿要圆；扎枪力达枪尖。

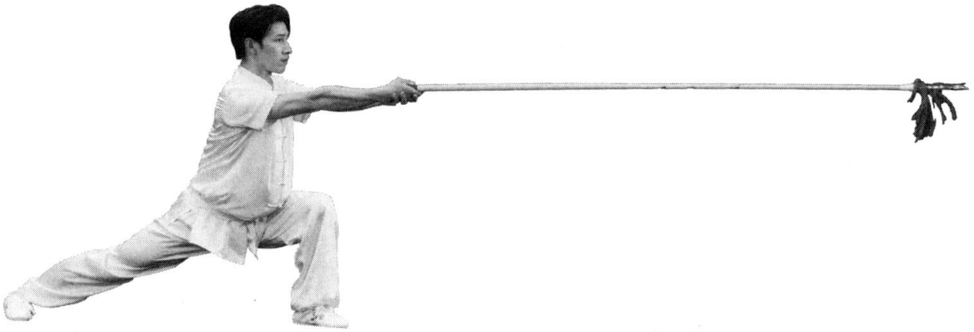

弓步044

传统术语：蛟龙搅浪。

现代术语：跳步弓步拿扎枪。

源流：《耕余剩技》第二式。

技法：扎。

动作过程：（1）左脚向前上步起跳，身体腾空左转，右脚先落地，随即左脚向前上步屈膝成半马步；同时，双手持枪随转体由下向上立圆挑把；目视枪尖。

（2）重心前移，屈膝成左弓步；同时，双手持枪向前做中平扎枪动作；目视枪尖。

动作要点：跳步要稳，扎枪有力；力达枪尖。

弓步045

传统术语：凤舞踏雪。

现代术语：舞花弓步拿扎枪。

源流：《耕余剩技》第二式。

技法：格挡、扎。

动作过程：（1）身体右转，左脚上步屈膝成半马步；同时，双手持枪使枪尖经身体两侧舞花划弧一周；目视枪尖。

（2）重心前移，左腿屈膝成左弓步；同时，右手推把向前做中平扎枪动作；目视枪尖。

动作要点：舞花立圆，扎枪有力；力达枪尖。

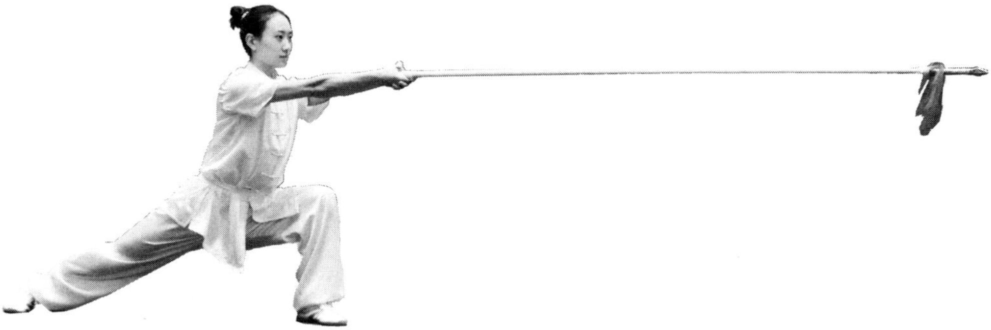

弓步046

传统术语：覆海探日。

现代术语：翻身弓步撞扎枪。

源流：甲组枪。

技法：撞扎。

动作过程： 左脚向后撤步，身体左转成左弓步；同时，右手握枪缨处，使枪身靠近胸部向左上绕过脸部至左肩前上方，左手滑握于枪身前段，双臂体前交叉，随即右手向左上方推出撞扎；目视枪尖。

动作要点： 上步要快；扎枪力达枪尖。

弓步047
传统术语：童子迎宾。
现代术语：跳步中平扎枪。
源流：《耕余剩技》第二式。
技法：扎。

动作过程： 左脚上步蹬地起跳，右脚、左脚依次落步屈膝成左弓步；同时，双手持枪做拦拿动作，随即向前中平枪扎出；目视前方。
动作要点： 扎枪要平；力达枪尖。

弓步048

传统术语：盘龙枪。

现代术语：立穿枪。

源流：八卦战身枪第十三式。

技法：穿。

动作过程：（1）右脚上步；同时，双手持枪由上向下盖把；目视右前方。

（2）上动不停，右脚撤回震脚，左脚向前上步屈膝成左弓步；同时，双手持枪使枪把上挑，枪杆贴身，由上向后下方、前上方划弧，随即向前扎枪；目视枪尖。

动作要点：动作连贯，滑把枪杆贴身。

弓步049

传统术语：走马蛇矛。

现代术语：转身拦拿扎枪。

源流：八卦战身枪第十九式。

技法：拿、扎。

动作过程：向左转体，右脚扣步，左脚上步屈膝成左弓步；同时，双手持枪随转体平摆枪杆，随即内旋拿枪后向前做平扎枪；目视枪尖。

动作要点：身械协调一致；扎枪力达枪尖。

弓步050

传统术语：劈盖棒。

现代术语：转身劈枪。

源流：八卦战身枪第二十式。

技法：劈。

动作过程：身体左转，右脚扣步，左脚向左开步屈膝成左弓步；同时，双手持枪使枪把经后、向上、向前劈盖；目视枪把。

动作要点：劈盖时速度要快，重心要稳；力达枪把。

弓步051

传统术语：摇橹扎枪。

现代术语：上步绞扎枪。

源流：八卦战身枪第二十三式。

技法：绞、扎。

动作过程：（1）左脚上步，右脚插步；同时，双手持枪使枪尖做顺时针划圈；目视枪尖。

（2）上动不停，左脚上步屈膝成左弓步；同时，双手持枪做扎枪动作；目视枪尖。

动作要点：摇枪身械协调一致，动作连贯；扎枪力达枪尖。

弓步052
传统术语：白牛转角。
现代术语：弓步拨把。
源流：八卦战身枪第三十二式。
技法：拨把。

动作过程： 右脚向右上步，身体向右转体360°，左脚、右脚依次上步屈膝成右弓步；同时，双手持枪随转体由左向右上方抡把；目视前方。

动作要点： 扣步迅捷；力达枪把。

弓步053

传统术语：银蛇穿林。

现代术语：上步弓步单手扎枪。

源流：查拳体系大花枪。

技法：扎。

动作过程：左脚向前落步，右脚向前上步屈膝成右弓步；同时，左手脱把，经腰间向后推出成侧立掌；右手持枪向前扎出；目视枪尖。

动作要点：转身扎枪协调一致；力达枪尖。

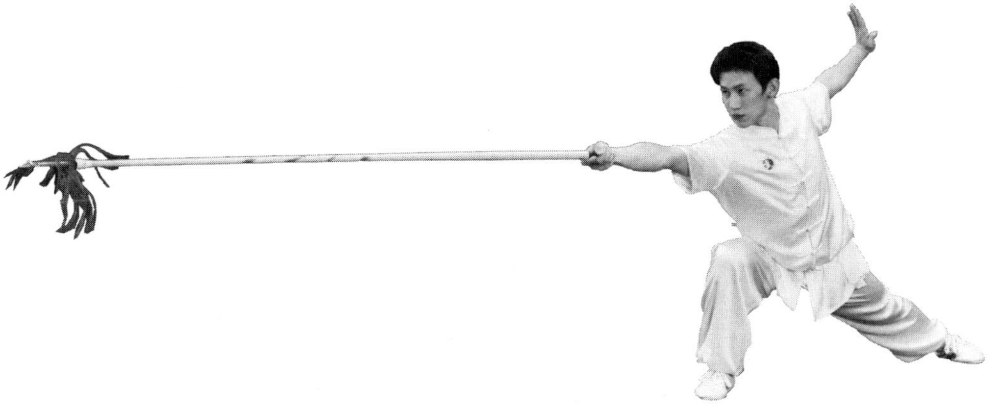

弓步054

传统术语：顺风扯旗。

现代术语：盖跳弓步拨抱枪。

源流：查拳体系锁喉枪。

技法：撩。

动作过程：左脚经右腿前向右摆动，右脚随即蹬地跳起，左脚、右脚先后落地屈膝成右弓步；同时，双手持枪使枪尖由左向右绕转一圈，左手持枪抱于右肩前，手心向内，右手握把于右腰侧；目视前方。

动作要点：双脚依次落地，身械配合协调一致；力达枪身前段。

弓步055

传统名称：牧童指路。

现代名称：转身弓步扎枪。

源流：查枪体系锁口枪。

技法：扎。

动作过程： 左脚向左前方上步，屈膝成左弓步；同时，双手持枪向左平扎；目视枪尖。

动作要点： 转身要快，落地要稳；扎枪力达枪尖。

1.2 马步

马步001

传统术语：抱虎推山。

现代术语：半马步反把下扎枪。

源流：形意十三枪第四式。

技法：扎。

动作过程：左脚向前上步，右脚经左脚前盖步，随即左脚向左侧开步成马步；同时，双手持枪在头顶云枪一周后向左侧斜下扎枪；目视枪尖。

动作要点：身械协调一致；力达枪尖。

马步002

传统术语：太公推杆。

现代术语：马步直架枪。

源流：心意龙门十三枪第四式。

技法：推。

动作过程： 右脚向前上步屈膝成马步；同时，左手握枪身，右手握枪把向身体右侧推枪，枪杆上下垂直；目视右方。

动作要点： 上步推架；力达枪身。

马步003

传统术语：叱拨击缶。

现代术语：转身马步左右平崩枪。

源流：形意枪。

技法：崩。

动作过程：右脚向右开步屈膝成马步；同时，双手持枪由右向左平拨，随即双手发力使枪尖短促平崩；目视前方。

动作要点：身械协调一致；崩枪力达枪尖。

马步004
传统术语：拨云观日。
现代术语：云拨转身马步架枪。
源流：形意枪。
技法：拨、架。

动作过程： 身体右转，右脚提起向下震脚，左脚向左开步屈膝成马步；同时，双手持枪由左向右平云一周，随即由右向左拨枪上架于头顶上方；目视左方。

动作要点： 转身、马步架枪动作迅速；架枪上举过头；拨枪力达枪身前段。

马步005

传统术语：引虎自卫。

现代术语：半马步拿枪。

源流：《耕余剩技》第三式。

技法：拿。

动作过程：右脚向右上步屈膝成半马步；同时，双手持枪使枪尖经下向右弧形绕转，做拿枪动作；目视右方。

动作要点：上步、拿枪协调一致；力达枪身前段。

马步006

传统术语：移星换斗。

现代术语：转身马步提枪。

源流：查枪第二十五式。

技法：格。

动作过程：（1）身体直立；同时，左手握枪收于腰后，右手抓握枪身中段。

（2）身体向右转，左脚向右上步，双腿屈膝成马步；同时，右手握枪身中段横于腹前，枪尖自然下落于右侧，左手举于头顶上方；目视右方。

动作要点：滑握转身协调一致；力达枪身。

马步007
传统术语：归马放牛。
现代术语：半马步持枪。
源流：《耕余剩技》第九式。
技法：崩。

动作过程： 身体右转，右脚向后落步，双腿微屈成左半马步；同时，右手握枪收于右腹侧，左手接握枪身中段崩枪；目视枪尖。
动作要点： 落步要稳；崩枪力达枪尖。

马步008

传统术语：夜叉探路。

现代术语：舞花马步劈枪。

源流：少林拳体系。

技法：格挡、劈。

动作过程：身体左转，左脚上步屈膝成马步；同时，双手持枪使枪尖向后、向上、向前立圆舞花一周后下劈，左手握于枪身中段，右手滑握枪把端于右腰间；目视枪尖。

动作要点：舞花贴身立圆，身械协调配合；劈枪力达枪身前段。

马步009

传统术语：牛郎担柴。

现代术语：马步推掌背枪。

源流：少林拳体系。

技法：背。

动作过程：身体左转，右脚向右落步屈膝成马步；同时，右手握枪把使枪身背于肩上，左掌从腰间向前推出，掌心向前，掌指向上，高不过鼻；目视左掌。

动作要点：转身背枪贴紧；推掌力达掌根。

马步010

传统术语：吕布托戟。

现代术语：马步托枪。

源流：少林十三枪第四式。

技法：格挡。

动作过程：身体左转，右脚向前上步屈膝成马步；同时，双手持枪从身体左侧立圆划弧一周后平托于大腿上方；目视右侧。

动作要点：肩臂夹紧，持枪有力；力达枪身前端。

马步011

传统术语：坐山观镇。

现代术语：马步挑枪。

源流：少林十三枪第二十七式。

技法：格挡、挑。

动作过程： 左脚、右脚依次向前上步成马步；同时，右手握枪身中段在身体右侧由下向前上方挑出，左手握枪把于左腰侧；目视枪尖。

动作要点： 挑枪要由下到上；力达枪尖。

马步012

传统术语：枯树盘根。

现代术语：马步拨枪。

源流：八卦战身枪第八式。

技法：拨。

动作过程：左脚向右前方扣步，身体向右转体360°，右脚开步屈膝成马步；同时，双手持枪使枪尖随转体绕动，随即向右前下方拨枪；目视枪尖。

动作要点：拨枪要快，枪尖不可碰地；力达枪身前段。

马步013

传统术语：收旗卷甲。

现代术语：马步绞盖把。

源流：八卦战身枪第十二式。

技法：绞、盖。

动作过程：左脚、右脚依次向前上步屈膝成马步；同时，双手持枪使枪身由后向前下方划弧盖把，随即枪把逆时针划弧一周后下压；目视枪把。

动作要点：动作连贯，搅动有力；力达把端。

马步014
传统术语：左右边拦。
现代术语：马步拦枪。
源流：八卦战身枪第三十三式、第三十六式。
技法：拦。

动作过程：（1）向右转体，左脚、右脚依次上步；同时，双手持枪经胸前向右平抡一周，左手位于右腋下，右手握枪于体侧；目视枪把。

（2）向左转体，右脚向左前方扣步，左脚开步屈膝成马步；同时，双手持枪经胸前向左平抡一周，枪尖向左，枪身紧贴左肋侧；目视枪尖。

动作要点：转身速度要快，一气呵成；力达枪身前端。

马步015

传统术语：风扫残云。

现代术语：马步云枪。

源流：八卦战身枪第六十二式。

技法：云、崩。

动作过程： 右脚向右开步屈膝成马步；同时，双手持枪顺时针方向平云一周，向身体左后横崩；目视枪尖。

动作要点： 身械协调一致；崩枪力达枪尖。

马步016

传统术语：滴水枪。

现代术语：转身马步立抱枪。

源流：查拳体系大花枪。

技法：拨。

动作过程：身体右转，右脚向后退步，双腿屈膝成马步；同时，双手持枪使枪尖向下经身前拨于右膝前；目视左方。

动作要点：立枪垂立；拨枪力达枪尖。

马步017
传统术语：倒拽牛尾。
现代术语：马步单手反扎枪。
源流：查拳体系锁喉枪。
技法：扎。

动作过程：左脚向前上步，身体向右转体180°，双腿屈膝成马步；同时，右手反把持枪向右扎出，枪尖向右；左手抖腕亮掌于头顶上方；目视枪尖。

动作要点：转身迅捷，枪要贴身水平扎出；力达枪尖。

马步018
传统术语：小鬼推磨。
现代术语：盖跳马步摇枪。
源流：查拳体系锁喉枪。
技法：拦。

动作过程： 右腿提膝，左脚蹬地跳起，随即右脚、左脚先后落地屈膝成马步；同时，双手持枪使枪尖逆时针摇枪；目视枪尖。
动作要点： 盖跳步要轻灵，枪随身动；力达枪身前段。

1.3 仆步

仆步001
传统术语：金鸡落架。
现代术语：仆步摔枪。
源流：八卦战身枪第五十五式。
技法：劈。

动作过程： 右手向下拉动枪杆，左手滑握枪身，随即右脚向前上步成右仆步；同时，双手持枪由上向下劈盖，枪杆平摔于地面；目视枪把。

动作要点： 劈盖圆滑连贯；力达枪身前段。

仆步002

传统术语：老翁开仓。

现代术语：仆步扫把。

源流：少林拳体系。

技法：扫。

动作过程： 身体向左转体180° ，右脚随转体上步成右仆步；同时，左手滑至枪颈，右手滑至中段使枪把随转体向右下方触地扫把，枪颈贴靠胸前；目视枪把。

动作要点： 转体迅速；扫把力达枪把。

仆步003

传统术语：猛虎扑食。

现代术语：转身跳仆步拿枪。

源流：查拳体系锁喉枪。

技法：拿。

动作过程： 身体向右转体180°，随即右腿屈膝上提，左脚蹬地跳起，右脚、左脚依次落地成左仆步；同时，双手持枪外翻拦枪内扣拿枪，右手收至右腰侧，枪尖向左；目视枪尖。

动作要点： 腾跃轻灵，仆步拿枪贴身；力达枪身前端。

1.4 虚步

虚步001
传统术语：顺风旌旗。
现代术语：虚步压枪。
源流：甲组枪。
技法：压。

动作过程： 右脚后撤半步，左脚尖点地成左虚步；同时，双手持枪，右手回抽至右腰侧，左臂外旋使枪身下压，枪尖与肩同高；目视枪尖。

动作要点： 虚步压枪配合一致；力达枪身前段。

虚步002
传统术语：明月入怀。
现代术语：虚步崩枪。
源流：《耕余剩技》第八式。
技法：崩。

动作过程： 右脚后撤半步，左脚尖点地成左虚步；同时，双手持枪，右手回抽至右腰侧后方，左手握于枪身前段使枪尖上崩；目视枪尖。

动作要点： 动作协调一致；崩枪力达枪尖。

虚步003
传统术语：美人纫针。
现代术语：虚步下扎枪。
源流：《纪效新书》第十式。
技法：扎。

动作过程：（1）右腿屈膝上提，左腿直立；同时，双手持枪由后向前推送枪把，左臂屈肘回带，使枪尖置于左肩后；目视枪把。

（2）上动不停，左脚腾空跃起，右脚、左脚依次落地，左脚尖点地成左虚步；同时，双手持枪向前下扎枪，左臂向前伸直，右手举于头顶上方；目视枪尖。

动作要点：虚步扎枪有力；力达枪尖。

虚步004

传统术语：见兔顾犬。

现代术语：虚步亮枪。

源流：少林十三枪第六式。

技法：格挡、点。

动作过程： 身体左转180°，右脚尖向前点地成右虚步；同时，双手持枪在身体左侧向前、向下立圆划弧一周后向前下方点枪，左手握枪屈肘于左肩前；目视枪尖。

动作要点： 虚步点枪，身械协调一致；力达枪尖。

虚步005

传统术语：火龙式。

现代术语：倒步束身。

源流：少林十三枪第十二式。

技法：格挡、挑把。

动作过程：身体右转360°，右脚向后撤步，左脚尖点地成左虚步；同时，双手持枪随转体由后向前划弧一周后将枪把向前推出；目视前方。

动作要点：眼随枪走，身械协调；力达把端。

虚步006
传统术语：夜叉探海。
现代术语：虚步架枪。
源流：少林拳体系。
技法：拦、架。

动作过程： 右脚向后撤步，左脚尖点地成左虚步；同时，双手持枪从前下方架枪举于头顶上方；目视前方。

动作要点： 身械协调一致；枪身侧举过头。

虚步007

传统术语：乌龙摆尾。

现代术语：虚步左右拨枪。

源流：查拳体系大花枪。

技法：拨。

动作过程：（1）右脚向右开步屈膝；同时，双手持枪向前、向右上方拨枪；目视枪尖。

（2）左脚向右脚前脚尖点地成左虚步；同时，双手持枪向前、向左下方拨枪；目视左方。

动作要点：拨枪短促有力；力达枪身前段。

虚步008

传统术语：倒插金花。

现代术语：虚步反扎枪。

源流：查拳体系锁喉枪。

技法：扎。

动作过程：右脚退步，左腿屈膝提至右腿内侧，左脚前落脚尖点地成左虚步；同时，双手持枪向前下方扎枪，左手滑握枪身中段，手心朝上；目视枪尖。

动作要点：退步要快，双手配合协调；力达枪尖。

1.5 歇步

歇步001

传统术语：歇步盖棒。

现代术语：歇步劈枪。

源流：八卦战身枪第三十一式。

技法：劈。

动作过程： 右脚经左腿前落步成歇步；同时，双手持枪，右手向后拉动枪杆，由后向前下方盖把，右手在前，左手位于右腋下；目视枪把。

动作要点： 盖把有力；力达把端。

歇步002

传统术语：龙形枪。

现代术语：歇步抡劈枪。

源流：形意枪第三十五式。

技法：劈。

动作过程：身体右转屈膝下蹲成歇步；同时，双手持枪由上向下抡劈，右手握把收至右腰侧，枪尖向左；目视前方。

动作要点：歇步抡劈动作要快；力达枪身前段。

歇步003

传统术语：珠落玉盘。

现代术语：歇步抱枪。

源流：形意枪第四十四式。

技法：格挡。

动作过程：身体向左拧身，右脚向后撤步屈膝下蹲成歇步；同时，双手持枪抱于胸前，右手握把后抽至左腰侧，左手向前握枪，枪尖斜向上；目视枪尖。

动作要点：身械协调一致；力达枪身前端。

歇步004

传统术语：跃返脱兔。

现代术语：跳歇步抱枪。

源流：甲组枪。

技法：格挡。

动作过程： 左脚、右脚依次向左前方上步，右脚蹬地起跳，随即左脚落地，右脚向左后插步成歇步；同时，双手持枪由左向上摆至右侧，右手心向里，左手立掌，双臂屈肘合抱于胸前，枪身与地面平行，枪尖向右；目视枪尖。

动作要点： 跳步轻灵，落地要稳；力达枪身前端。

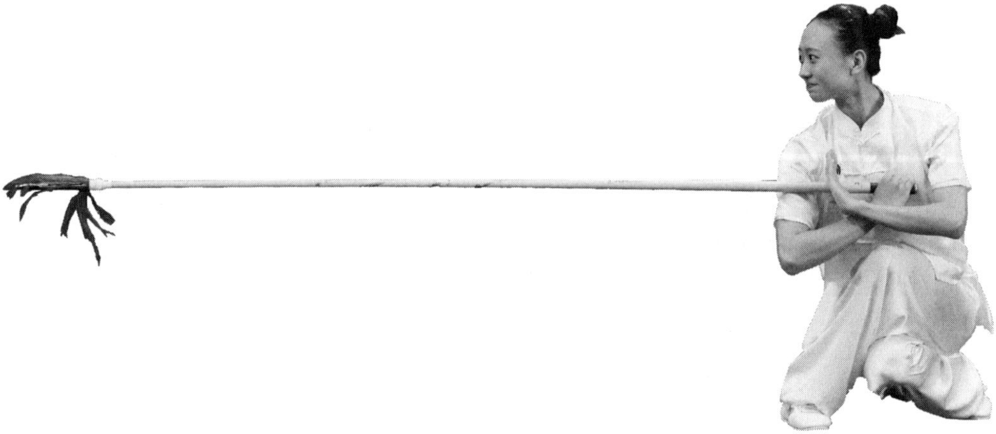

歇步005
传统术语：银蛇抬头。
现代术语：歇步崩枪。
源流：《耕余剩技》第九式，《纪效新书》第二十二式。
技法：崩。

动作过程：左脚向前上步后蹬地跳起，右脚向前方落步成歇步；同时，右手向后抽枪把至右腰间，左手向前滑握于枪身中段，沉腕下压使枪尖上崩；目视枪尖。

动作要点：动作协调一致；崩枪力达枪尖。

歇步006

传统术语：鸭行惊鸳。

现代术语：歇步拦抱枪。

源流：少林拳体系。

技法：拦。

动作过程： 身体右转，左脚、右脚依次扒地向后勾撩，随即左脚向右插步成歇步；同时，双手持枪外旋拦枪，右手握把至右腰间；目视枪尖。

动作要点： 步法连贯，勾撩腿有力；拦枪力达枪身前段。

歇步007
传统术语：怀中抱月。
现代术语：舞花歇步抱枪。
源流：查拳体系大花枪。
技法：格挡。

动作过程： 左脚、右脚依次向后撤步交叉成歇步；同时，双手持枪使枪尖向下经身体两侧连续划弧一周后屈肘抱枪于胸前，左手握枪身，手心向上，右手握枪把收至腰右侧；目视枪尖。

动作要点： 舞花时枪要贴身，以腰带械，身械协调一致。

歇步008

传统术语：黄龙转身。

现代术语：转身歇步横把。

源流：查拳体系大花枪。

技法：横击。

动作过程：上体左转，左脚上步双腿屈膝交叉成歇步；同时，右手滑握枪身中段，使枪把随转体向左平摆至身前，左手持枪收至左胸前；目视枪把。

动作要点：转身平稳；横击把力达把前端。

歇步009

传统术语：苏秦背剑。

现代术语：后跳歇步背枪。

源流：查拳体系锁喉枪。

技法：格挡。

动作过程：（1）左脚上步，右脚扣于左腿腘窝处；同时，左手松握，右手反手持枪向前推送下按，使枪尖上翘；目视枪尖。

（2）右脚向后落步，左脚向右脚后方插步成歇步；同时，右手反握枪把向后拉伸，左手松握滑把，使枪由头上方下落至背后，左手屈肘托枪，枪身贴于左前臂，掌心向上，右手以手指顶住枪底；目视枪尖。

动作要点：歇步背枪要紧贴肩背；力达枪身前端。

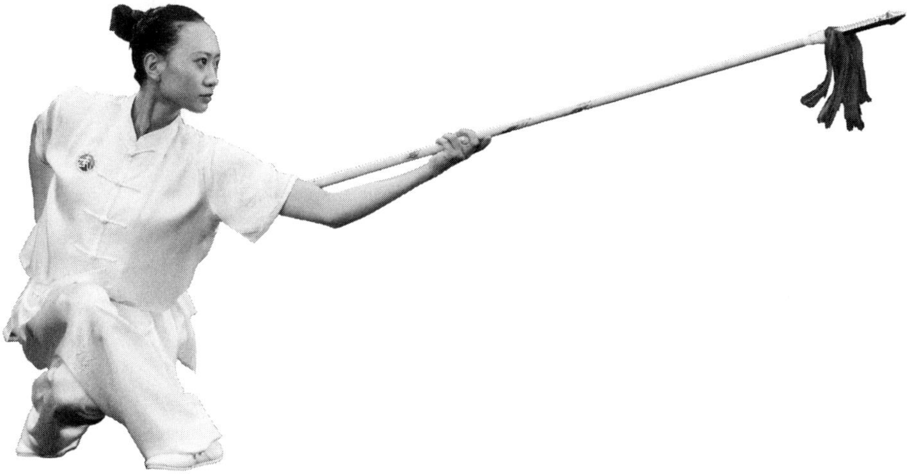

1.6 并步

并步001
传统术语：童子献杖。
现代术语：并步扎枪。
源流：《耕余剩技》第五式。
技法：拦、拿、扎。

动作过程： 右脚向左腿后方插步，左脚向前上步，右脚向左脚并步；同时，双手持枪左右拦拿向前平扎，枪尖向前；目视前方。
动作要点： 插步、并步衔接要快，扎枪有力；力达枪尖。

并步002

传统术语：顺水行舟。

现代术语：并步扎枪。

源流：《耕余剩技》第六式。

技法：扎。

动作过程：左脚向前上步，右脚向左脚并步；同时，右手握枪把向前平扎枪；左手向体后推掌；目视枪尖。

动作要点：并步、扎枪要协调一致；力达枪尖。

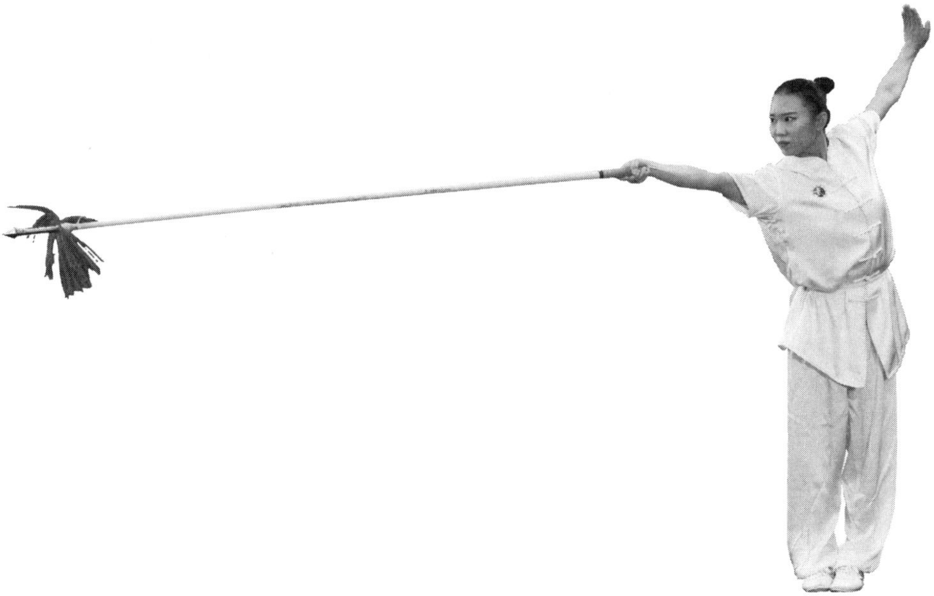

并步003

传统术语：荆轲刺首。

现代术语：并步平扎枪。

源流：《纪效新书》第五式。

技法：扎。

动作过程： 左脚向前上步，右脚向左脚并步；同时，双手持枪向前平扎枪；目视前方。

动作要点： 并步要稳；扎枪力达枪尖。

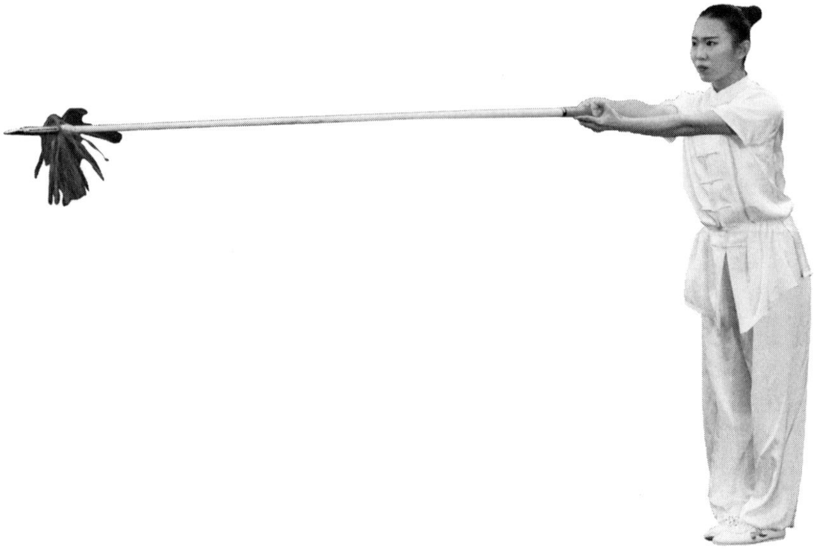

并步004

传统术语：秦兵鸣金。

现代术语：并步立挑枪。

源流：查拳体系大花枪。

技法：挑。

动作过程：（1）左脚向前上步屈膝成弓步；同时，双手持枪向前平扎枪；目视前方。

（2）重心后移，左脚回收至右脚内侧并步；同时，右手握枪把回收至左肩前，左手滑至枪杆中段向上挑枪；目视前方。

动作要点：挑枪并步同时，枪要贴近身体；力达枪身前端。

并步005

传统术语：霸王挑车。

现代术语：并步崩枪。

源流：查拳体系大花枪。

技法：崩。

动作过程： 右脚向后撤步，左脚向右脚并步；同时，右手握枪把向后下方用力回抽，左手滑握至枪杆中段发力上崩；目视枪尖。

动作要点： 右手回抽速度要快；崩枪力达枪尖。

1.7 倒步

倒步001

传统术语：青龙摆尾。

现代术语：倒步刺枪。

源流：少林十三枪第十四式。

技法：扎。

动作过程： 身体右转一周，随即右脚、左脚依次向后退步成右插步；同时，双手持枪随转体划弧后向右下方扎枪；目视枪尖。

动作要点： 眼随枪走；扎枪力达枪尖。

1.8 插步

插步001
传统术语：金刚献钻。
现代术语：倒插步反撩枪。
源流：形意枪。
技法：撩。

动作过程：（1）左脚向左开步，右脚经左脚后插步；同时，双手持枪由下向左后方划弧；目视枪尖。
（2）左脚继续向左开步，右脚经左脚后插步；同时，双手持枪经下向左后方内旋撩枪，右手握枪把收于腹前；目视枪尖。
动作要点：倒插步动作要快；撩枪力达枪身前段。

插步002

传统术语：乜斜缠帐。

现代术语：倒插步下扎枪。

源流：《纪效新书》马家枪第十七式。

技法：拦、拿、扎。

动作过程： 左脚向左前方上步，右脚向左脚后方插步；同时，双手持枪左右拦拿，随即向左斜下方扎枪；目视枪尖。

动作要点： 拦拿要圆，下扎枪速度要快；力达枪尖。

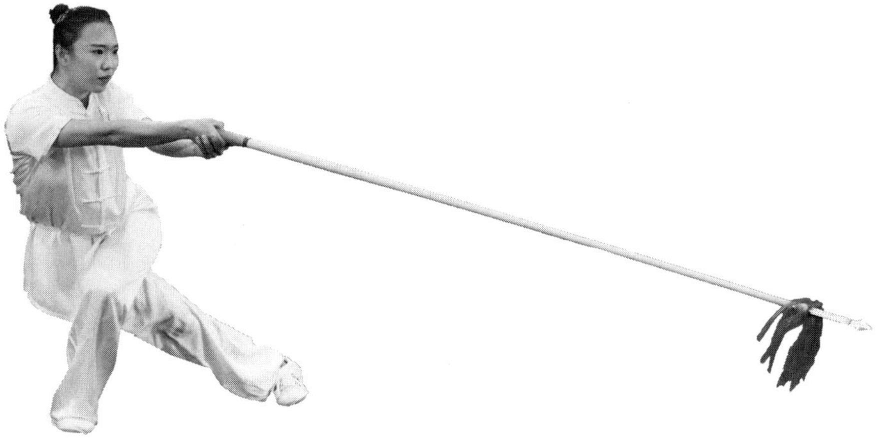

插步003

传统术语：十字披红。

现代术语：插步背枪。

源流：少林十三枪第二十五式。

技法：扎、撩、劈。

动作过程：（1）左脚向右后方插步；同时，右手反握枪身，左手推杆向右下扎枪，目视枪尖。

（2）左手将枪绕头贴于背部。随即左脚向左前方上步，右脚收于左脚内侧，左脚再向前上步成半马步；同时，双手持枪由下向上立圆上撩后向下劈枪；目视枪尖。

动作要点：身械配合，协调一致；扎枪力达枪尖；撩枪力达枪身前段；劈枪力达枪身前段。

插步004

传统术语：白鹤亮翅。

现代术语：插步平扫枪。

源流：查拳体系大花枪。

技法：扫。

动作过程： 右脚经左腿后向左插步，左腿屈膝，右腿蹬直；同时，双手持枪向左平扫，左手滑握枪身前段；目视左前方。

动作要点： 滑把顺畅灵活，以腰带枪；力达枪身前端。

1.9 丁步

丁步001

传统术语：右式蜈蚣钻杆。

现代术语：丁步钻枪。

源流：八卦战身枪。

技法：扎。

动作过程： 右脚向右前方上步，左脚收于右脚内侧成丁步；同时，左手滑握枪杆中段，右手向右前方斜扎枪；目视枪尖。

动作要点： 动作连贯；扎枪力达枪尖。

丁步002

传统术语：左式蜈蚣钻杆。

现代术语：丁步钻枪。

源流：八卦战身枪。

技法：扎。

动作过程：左脚向左前方上步，右脚收于左脚内侧成丁步；同时，右手滑握枪杆中段，左手向左前方斜扎枪；目视枪尖。

动作要点：动作连贯；扎枪力达枪尖。

丁步003

传统术语：铁牛耕地。

现代术语：拦拿丁步下扎枪。

源流：《纪效新书》马家枪第十一式。

技法：拦、拿、扎。

动作过程： 左脚向前上步，右脚收于左脚内侧成丁步；同时，双手持枪左右拦拿，随即向前下扎枪；目视枪尖。

动作要点： 下扎枪动作快而敏捷；力达枪尖。

1.10 蹲步

蹲步001
传统术语：芙蓉并蒂。
现代术语：拦拿蹲步扎枪。
源流：少林拳体系。
技法：拦、拿、扎。

动作过程： 左脚向前上步，右脚向前震脚成蹲步；同时，双手持枪外翻拦枪内扣拿枪，随即向前推把平扎枪后自然弹回；目视枪尖。
动作要点： 扎枪弹抖有力；力达枪尖。

1.11 横裆步

横裆步001

传统术语：青龙出水。

现代术语：横裆步拿扎枪。

源流：查拳体系大花枪。

技法：拿、扎。

动作过程：（1）右腿屈膝提起；同时，右手握枪把端，左手握枪身，向上横架于头顶上方，枪尖略高；目视左前方。

（2）右脚向右落步屈膝半蹲成右横裆步；同时，双手持枪做拿枪动作，随即向前扎出；目视枪尖。

动作要点：双手配合紧密；扎枪力达枪尖。

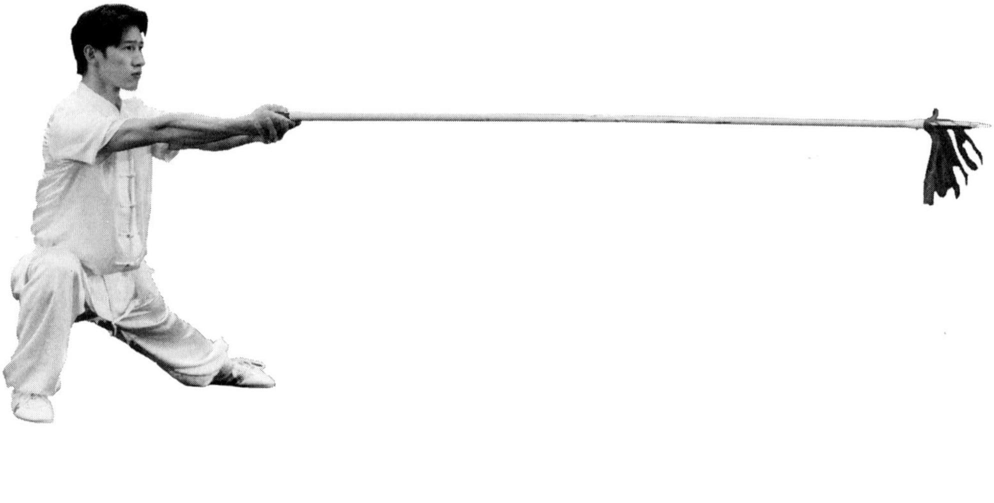

横裆步002

传统术语：太山压卵。

现代术语：横裆步压枪。

源流：《纪效新书》马家枪第十九式。

技法：压。

动作过程： 左脚向左侧横跨一步，右腿屈膝半蹲成右横裆步；同时，双手持枪由上向下压枪，枪尖与腰平；目视枪尖。

动作要点： 压枪有力；力达枪身前段。

横裆步003

传统术语：乱军撞队。

现代术语：横裆步压扎枪。

源流：形意枪第二十一式。

技法：压、扎。

动作过程： 左脚向后撤一步，右脚横开步屈膝半蹲成右横裆步；同时，双手持枪经身体左侧划弧一周向下压枪，随即向前推送平扎枪；目视前方。

动作要点： 横裆步要稳，压扎枪动作要快；力达枪尖。

1.12 立步

立步001
传统术语：仙人指路。
现代术语：立步抽枪。
源流：少林十三枪第二十二式。
技法：戳。

动作过程：右脚向右开步，双腿直立成立步；同时，双手持枪向右推送枪把；目视右方。
动作要点：立身中正，挺胸收腹；力达枪把。

立步002

传统术语：织女穿梭。

现代术语：转身中平枪。

源流：少林十三枪第二十三式。

技法：扎。

动作过程：右脚向左前方扣脚上步，身体左转360° 提左膝；同时，双手持枪向左侧斜下方扎枪；目视枪尖。

动作要点：身械协调配合，圆活连贯；力达枪尖。

立步003

传统术语：锁喉枪。

现代术语：立步戳喉枪。

源流：少林十三枪第二十四式。

技法：扎。

动作过程： 右脚向右上步，随即左脚收于右脚内侧并步；同时，双手持枪由左向右平戳；目视枪尖。

动作要点： 扎枪有力；力达枪尖。

1.13 点步

点步001
传统术语：海底捞沙。
现代术语：侧点步架枪。
源流：查拳体系锁喉枪。
技法：扫、架。

动作过程：（1）右腿屈膝全蹲，左脚向左开步成左仆步；同时，双手持枪由右向左平扫；目视枪尖。
（2）重心前移，身体左转，左腿挺直，右脚向右侧点地；同时，枪向前、向上弧行上举至头顶上方，双臂交叉持枪呈水平，枪尖向右；目视枪尖。
动作要点：双手协调用力，枪身要平；上举过头。

2 步法

2.1 进步

进步001

传统术语：金鸡点头。

现代术语：进步弓步点枪。

源流：查拳体系大花枪。

技法：点。

动作过程：（1）右脚经左腿前向左盖落，脚尖外展，双腿屈膝交叉；同时，双手持枪向上挑起。

（2）左腿向前上步成左弓步；同时，左手滑把向前下方点枪；目视枪尖。

动作要点：点枪短促用力；力达枪尖。

进步002
传统术语：太公钓鱼。
现代术语：进步并步点枪。
源流：查拳体系大花枪。
技法：点。

动作过程： 左脚向前上步，右脚向左脚并拢；同时，双手持枪使枪尖经左腿外侧向后、向上绕行，随即向前下点出，枪尖向下；目视枪尖。

动作要点： 双腿挺直并拢，点枪短促用力；力达枪尖。

进步003

传统术语：穿花取蕊。

现代术语：进步穿梭枪。

源流：查拳体系大花枪。

技法：穿。

动作过程： 右脚向右开步；同时，右手握枪向右拉枪，随即左手向右推送，使枪杆平滑向右穿行，左手松把置于体侧；目视枪尖。

动作要点： 穿枪贴身，枪要直出，手要松活。

进步004
传统术语：左右车轮。
现代术语：进步舞花枪。
源流：查拳体系大花枪。
技法：格挡。

动作过程： 右脚、左脚依次向前上步；同时，双手持枪经体左侧立圆划弧一周，再向身体右侧立圆划弧一周，收至右腋下；目视前方。
动作要点： 舞花枪要贴近身体，动作连贯；力达枪身前端。

2.2 退步

退步001

传统术语：仙女捧盘。

现代术语：退步崩枪。

源流：形意枪。

技法：崩。

动作过程： 右脚退步，重心后移；同时，右手迅速回抽至右腰侧，左手向前滑握至枪身中段向上崩枪，枪尖高与头平；目视枪尖。

动作要点： 退步、崩枪要协调一致；力达枪尖。

退步002
传统术语：脱袍点将。
现代术语：退步平点枪。
源流：形意枪。
技法：点。

动作过程： 右脚向后退步，左脚尖点地成左高虚步；同时，双手持枪向左平点枪，枪尖高与肩平；目视左前方。

动作要点： 退步点枪协调一致；力达枪尖。

退步003
传统术语：磨盘拨雨。
现代术语：涮腰云拨枪。
源流：大旗枪。
技法：云、拨。

动作过程： 右脚退步，屈膝半蹲；同时，上体后仰呈水平，双手持枪经头上方顺时针云拨一周；目视枪尖。

动作要求： 云拨要平，身体后仰；力达枪身前段。

退步004

传统术语：游龙戏凤。

现代术语：退步缠绞枪。

源流：查拳体系大花枪。

技法：绞。

动作过程：（1）左脚向后退步，双腿屈膝交叉；同时，双手持枪使枪尖沿逆时针方向绕圈；目视枪尖。

（2）右脚向后退步，双腿屈膝成半马步；同时，双手持枪使枪尖沿逆时针方向继续绕三圈以上；目视枪尖。

动作要点：缠枪与步法配合要协调一致；力达枪身前段。

2.3 上步

上步001

传统术语：白猿献果。

现代术语：上步摆掌。

源流：《纪效新书》第五式。

技法：持。

动作过程： 右脚、左脚依次向前上步，随即右脚向左脚并步，身体直立；同时，右手握枪提起，左手由左向右弧形摆于右胸前；目视左方。

动作要点： 上步、摆掌要协调一致。

上步002

传统术语：狸猫扑鼠。

现代术语：上步缠挑劈枪。

源流：《纪效新书》马家枪第十六式。

技法：缠、挑、劈。

动作过程：（1）左脚向前上步脚尖点地；同时，双手持枪向里缠枪，左手握于枪身中段，右手握枪把于头顶上方；目视枪尖。

（2）左脚向后撤步，双脚蹬地向上跳起后同时落地，右腿在前屈膝，左膝跪地；同时，双手持枪使枪杆向后用力上挑，再由后向前下劈枪；目视前方。

动作要点：身械配合协调一致；缠、挑力达枪身前端；劈枪力达枪身前段。

上步003
传统术语：铺地锦式。
现代术语：上步拦拿扎枪。
源流：《纪效新书》马家枪第九式。
技法：拦、拿、扎。

动作过程： 左脚蹬地跳起，右脚落于左脚处，左脚再向前上步成左弓步；同时，右手握枪把于右腰间，左手握枪向左右拦拿，随即右手推把向前扎枪；目视枪尖。

动作要点： 跳转要快速敏捷；扎枪力达枪尖。

上步004

传统术语：马形枪。

现代术语：上步连环挫枪。

源流：形意枪。

技法：扎。

动作过程：（1）右脚向右侧前上步，左脚跟半步；同时，双手持枪向前推挫扎枪；目视枪尖。

（2）左脚向左侧前方上步，右脚跟半步；同时，双手持枪外翻拦枪；目视枪尖。

（3）右脚向右侧前方上步，左脚跟半步；同时，双手持枪臂内旋拿枪向前推挫扎枪；目视枪尖。

动作要点：上步、推挫扎枪动作要迅速、连贯；力达枪尖。

上步005

传统术语：偃旗息鼓。

现代术语：上步劈单手上扎枪。

源流：《纪效新书》马家枪第五式。

技法：劈、扎。

动作过程： 左脚向前落步，右脚跟半步，左腿屈膝成拗弓步；同时，双手持枪用力下劈，随即右手握把向斜上方扎枪，左手变拳收于左腰侧；目视枪尖。

动作要点： 落步、劈枪要同时进行；扎枪力达枪尖。

上步006

传统术语：拨山盖世。

现代术语：上步劈枪。

源流：《耕余剩技》第五式。

技法：劈。

动作过程：右脚向前上步，左脚跟半步，右脚再向前进半步屈膝半蹲；同时，双手持枪经身体左侧划弧一周向下劈枪，右手握枪把收于右腰侧；目视前方。

动作要点：移步平劈动作快速；力达枪身前段。

上步007

传统术语：推山赛海。

现代术语：上步平崩枪。

源流：《纪效新书》马家枪二十二式。

技法：崩。

动作过程： 左脚向前上步，双腿屈蹲；同时，右手握枪把迅速后抽于右腰侧，左手滑握枪身中段，使枪尖向上崩起；目视前方。

动作要点： 崩枪有力；力达枪尖。

上步008

传统术语：四封四闭。

现代术语：上步外缠扎枪。

源流：形意枪。

技法：缠、扎。

动作过程：左脚向左前方上步，右脚向左脚后插步，随即左脚再向左前方上步屈膝成左弓步；同时，双手持枪外翻拦枪内扣拿枪，右手推把向前扎枪；目视前方。

动作要点：上步、插步要协调连贯；扎枪力达枪尖。

上步009

传统术语：拨草寻蛇。

现代术语：上步左右下拨枪。

源流：《耕余剩技》长枪法第十二式。

技法：拨。

动作过程： 右脚、左脚交替向前上步成马步；同时，双手持枪使枪头沿地面左右扫拨；目视枪尖。

动作要点： 左右下拨枪要迅速连贯；力达枪身前端。

2.4 行步

行步001

传统术语：马踏飞燕。

现代术语：举枪行步。

源流：《耕余剩技》第九式。

技法：架。

动作过程：右脚提膝后向右前方落步，随即身体微右转，左脚、右脚各向右前方上一步双腿微屈；同时，右手举枪至头上方，左手侧举；目视左手方向。

动作要点：快速行步，右手举枪姿势不变；枪身平举过头。

行步002
传统术语：白马亮蹄。
现代术语：鸭行步带枪。
源流：《耕余剩技》长枪第十七式。
技法：带。

动作过程：左脚、右脚交替连续挖地向前上步；同时，右手握枪把于右肩前，左手握枪身于身体左侧；目视后方。

动作要点：脚掌用力挖地；枪杆贴身。

行步003

传统名称：蛟龙出海。

现代名称：前后平绞枪。

源流：大旗枪。

技法：绞。

动作过程： 右脚向右斜前方上步，随后双脚交替向右后弧形上步；同时，双手持枪使枪尖沿逆时针方向连续做缠绞枪动作；目视枪尖。

动作要点： 绞枪划圆，双手用力协调，柔中含刚；力达枪身前端。

行步004

传统术语：逐日追风。

现代术语：弧形步缠绞枪。

源流：查拳体系大花枪。

技法：绞。

动作过程： 左脚、右脚交替向右前上步成马步，身体稍前倾；同时，双手持枪使枪尖沿逆时针方向连续做缠绞枪动作；目视枪尖。

动作要点： 双手配合用力，身械协调一致；力达枪身前端。

2.5 扣步

扣步001
传统术语：顾风扯旗。
现代术语：扣步上挑劈扎枪。
源流：形意十三枪第十三、十四式。
技法：挑、劈、扎。

动作过程：（1）左脚向前上步，左腿屈蹲，右脚扣于左膝腘窝处；同时，双手持枪向上挑枪，使枪杆上下垂直；目视前方。
（2）左脚蹬地向前上跳起，右脚、左脚依次落地成左弓步；同时，双手持枪由上向下劈枪，随即右手推把向前平扎枪；目视前方。

动作要点：扣步上挑协调一致；劈枪力达枪身前段；扎枪力达枪尖。

2.6 跟步

跟步001

传统术语：送鸟归林。

现代术语：跟步下拨上崩枪。

源流：形意枪第二十七式。

技法：拨、崩。

动作过程： 左脚向前上步，右脚向左脚跟半步；同时，双手持枪由下向上、向左划弧，再向右下拨枪，随即右手握把臂外旋，向上崩枪；目视枪尖。

动作要点： 跟步要快，下拨上崩动作连贯；力达枪身前段。

跟步002

传统术语：驱虎赶羊。

现代术语：跟步点枪。

源流：查拳体系大花枪。

技法：点。

动作过程：左腿屈膝提起向前落步，右脚擦步跟进，双腿屈膝重心偏后；同时，双手持枪由上向前下方点枪，左手滑把至右手处；目视枪尖。

动作要点：点枪力达枪尖。

2.7 践步

践步001
传统术语：蛟龙出水。
现代术语：拦拿扎枪。
源流：形意枪。
技法：拦、拿、扎。

动作过程：左脚向前上步蹬地跳起，右脚、左脚依次落地成左弓步；同时，双手持枪做拦拿动作，随即右手握枪把向前平扎枪；目视前方。

动作要点：动作要迅速连贯；扎枪力达枪尖。

3 腿法

3.1 蹬腿

蹬腿001

传统术语：悬脚枪式。

现代术语：蹬腿上扎枪。

源流：《耕余剩技》长枪第十六式。

技法：扎。

动作过程：左脚向前上步蹬地跳起，右脚向前蹬腿；同时，左手滑握枪身，右手握枪把向前扎枪；目视前方。

动作要点：蹬腿、扎枪动作协调一致；力达枪尖。

蹬腿002
传统术语：回山倒海。
现代术语：拉枪左蹬腿。
源流：心意龙门十三枪第六式。
技法：拉。

动作过程： 上体右转，右脚向前上步；同时，双臂内旋，左手反臂握枪身于体后，右手握枪把屈臂于胸前，枪杆贴身；目视枪尖。随即左脚向前蹬出。

动作要点： 旋臂拉枪和蹬腿协调一致；拉枪贴身。

3.2 点腿

点腿001

传统术语：喜鹊登枝。

现代术语：点腿点枪。

源流：查拳体系锁喉枪。

技法：点。

动作过程： 左脚向前上步，身体后仰，右腿屈膝脚面绷直向前上方点腿；同时，双手持枪向前上方点枪；目视枪尖。

动作要点： 点腿、点枪同时完成；力达枪尖。

4 平衡

提膝独立

提膝001
传统术语：金鸡独立。
现代术语：点枪提膝崩枪。
源流：少林拳体系。
技法：点、崩。

动作过程：（1）左脚上步，屈膝下蹲；同时，双手持枪使枪尖沿身体左侧由后向前点枪。
（2）上动不停，左腿蹬地屈膝提起，右腿直立；同时，右手握枪把抽至腰间，左手滑握至枪身向上崩枪；目视枪尖。

动作要点：提膝、崩枪同时完成；点枪、崩枪力达枪尖。

提膝002

传统术语：老龙伸腰。

现代术语：跳步横击把平衡扎枪。

源流：少林拳体系。

技法：横击把、扎。

动作过程：（1）左脚向前上步蹬地起跳，腾空向左转体360°，右脚、左脚依次落地；同时，双手持枪使枪把随转体向右横击；目视枪把。

（2）上动不停，重心前移，左腿直立，右腿向后上摆成平衡；同时，右手握把向前推把扎枪，枪与肩平；目视枪尖。

动作要点：跳起转身协调连贯；横击把力达把端；扎枪力达枪尖。

提膝003

传统术语：探海式。

现代术语：转身舞花提膝下扎枪。

源流：少林拳体系。

技法：格挡、扎。

动作过程：（1）身体右转，双腿屈膝下蹲；同时，右手由握枪把滑至枪身中段，双手持枪立圆舞花，随即左手持枪下压使枪尖在前下方接近地面；目视枪尖。

（2）上动不停，右腿站立，左腿屈膝提起；同时，右手握枪把从腰间向右下方推把扎枪；左手变掌向左后上方推掌，手心向上；目视枪尖。

动作要点：舞花转身动作连贯，提膝下扎协调一致；力达枪尖。

提膝004

传统术语：子龙摆阵。

现代术语：提膝崩枪。

源流：少林拳体系。

技法：崩。

动作过程： 身体左转，右脚退步，左腿屈膝提起；同时，双手持枪使枪尖由前向后挂拨后向上崩枪，枪尖高与眼平；目视枪尖。

动作要点： 滑把顺滑，提膝稳定；崩枪力达枪尖。

提膝005
传统术语：金鸡上架。
现代术语：提膝单手架枪。
源流：查拳体系锁喉枪。
技法：架。

动作过程：（1）右脚退步；同时，左手滑握枪身，右手持枪向右抽拉枪把，随即右手架枪侧举过头，枪身呈水平。
（2）右腿屈膝提起；同时，左手松开，向左推出成侧立掌；目视枪尖。
动作要点：直立保持平衡；架枪呈水平。

提膝006

传统术语：横扫千军。

现代术语：提膝横把。

源流：《纪效新书》马家枪第九式。

技法：横击。

动作过程： 右脚上步，左腿屈膝提起；同时，左手握枪回收至左肋下，右手握枪前摆，使枪把向右侧横击；目视枪把。

动作要点： 提膝要稳；横击把力达把端。

提膝007

传统术语：鸣金挂旗。

现代术语：提膝背枪。

源流：《耕余剩技》第五式，《纪效新书》第三式。

技法：背。

动作过程： 重心后移，左腿屈膝提起；同时，双手持枪经头上方向后斜举于背后，左手反握枪把；目视前方。

动作要点： 站立要稳；背枪贴紧后背。

提膝008

传统术语：山奔海立。

现代术语：提膝抱枪。

源流：《纪效新书》第十九式。

技法：挑。

动作过程： 右脚上步，左腿屈膝提起；同时，双手持枪经身体右侧由前向后划弧，换手滑把，随即经身体左侧由前向后再向上挑枪，枪尖向上，枪下段紧靠左胸；目视前方。

动作要点： 提膝要稳；挑枪力达枪身前端。

提膝009

传统术语：抱枪式。

现代术语：提膝抱枪。

源流：八卦战身枪第六十四式。

技法：撩。

动作过程： 左脚上步蹬地屈膝提起，脚尖朝下，右腿挺直；同时，双手持枪使枪尖向右上方撩起，枪杆贴身而抱；目视前方。

动作要点： 枪杆紧贴前胸；撩枪力达枪身前段。

提膝010

传统术语：投蚓引鱼。

现代术语：单臂崩枪。

源流：八卦战身枪第一式。

技法：崩。

动作过程：（1）右手持枪，手腕由内向外划弧一周。

（2）左腿屈膝提起，脚尖向下；同时，右手持枪，右肩下沉，使枪尖向上崩起；左手亮掌于头顶上方；目视枪尖。

动作要点：提膝重心要稳；崩枪力达枪尖。

提膝011

传统术语：探海求珠。

现代术语：提膝扎枪。

源流：查拳体系大花枪。

技法：扎。

动作过程：（1）左脚上步，双腿屈膝半蹲；同时，左手前滑，双手持枪向上崩枪；目视枪尖。

（2）右腿挺直，左腿屈膝提起，身体前倾；同时，双手持枪向前下方扎出；目视枪尖。

动作要点：崩枪有力；扎枪力达枪尖。

提膝012

传统术语：琵琶枪。

现代术语：提膝抽枪。

源流：八卦战身枪第十六式。

技法：抽。

动作过程：右脚向后退步，左腿屈膝提起；同时，右手向后拉动枪杆，左手滑握枪身，左臂外旋屈肘抱枪；目视枪尖。

动作要点：抽枪顺滑，枪杆紧贴身体。

提膝013
传统术语：拨云撩雨。
现代术语：提膝左右绞拨枪。
源流：少林拳体系。
技法：拨。

动作过程：（1）右脚上步，双腿屈膝下蹲；同时，双手持枪使枪尖由左向右绕行一周，随即向右上方拨枪。
（2）上动不停，右腿挺膝直立，左腿屈膝提起；同时，双手持枪使枪尖由右向左绕行一周，随即向左斜下方拨枪；目视枪尖。

动作要点：支撑稳定，拨枪分明；力达枪身前段。

提膝014

传统术语：野人献芹。

现代术语：转身提膝单手扎枪。

源流：查拳体系大花枪。

技法：扎。

动作过程： 左脚、右脚依次上步，左腿屈膝提起；同时，左掌向前推出，随即由前向后摆举成勾手，勾尖向下；右手持枪向右扎出，枪身紧贴右臂，枪与臂呈一直线；目视枪尖。

动作要点： 枪身贴臂；扎枪力达枪尖。

提膝015

传统术语：怪蟒翻身。

现代术语：滚身提膝下扎枪。

源流：查拳体系大花枪。

技法：扎。

动作过程：（1）左脚扣步，上身向右后翻转；同时，双手持枪向上平举于头顶上方，枪身平直。

（2）左腿挺直，右腿屈膝提起，身体微前倾；同时，双手持枪向前下方扎出；目视枪尖。

动作要点：滚身持枪要向上托起；扎枪力达枪尖。

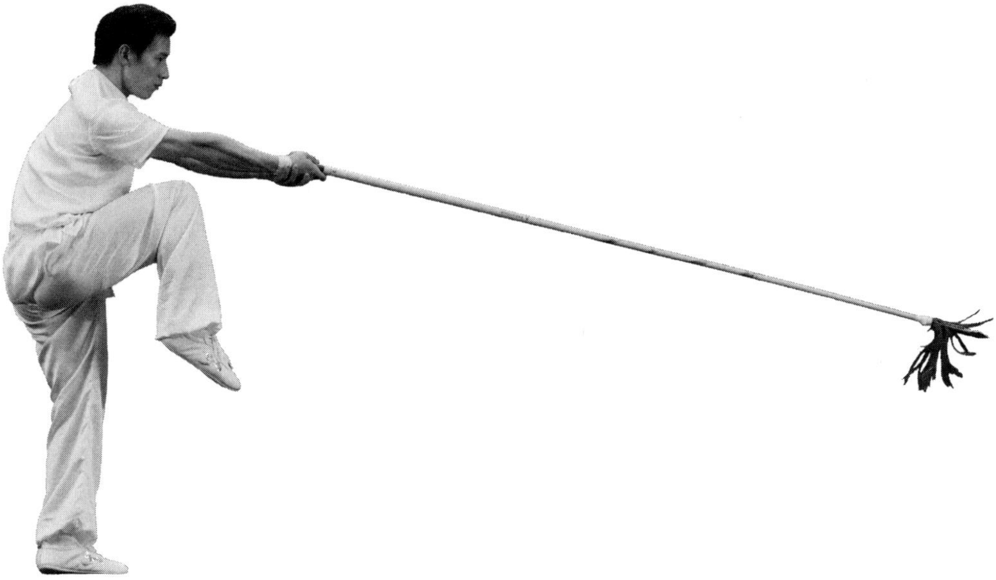

提膝016

传统术语：鹰瞵鹞视。

现代术语：提膝下捋枪。

源流：查拳体系大花枪。

技法：按。

动作过程： 右腿挺直，左腿屈膝提起；同时，右手握枪把向下收至腰右侧，左手持枪向前、向下划弧下捋，枪尖向前下方；目视枪尖。

动作要点： 枪走弧形，按枪有力；力达枪身前段。

提膝017

传统术语：叶底藏花。

现代术语：转身提膝抡抱枪。

源流：查拳体系大花枪。

技法：拨。

动作过程：身体左转，左腿挺直，右腿屈膝提起；同时，双手持枪顺时针方向立圆划弧一周，双臂交叉，枪尖向右；目视枪尖。

动作要点：枪身要平，提膝要稳；力达枪身前端。

提膝018

传统术语：回马刺蹄。

现代术语：转身提膝单手下扎枪。

源流：查拳体系大花枪。

技法：扎。

动作过程： 左脚上步蹬地跳起，右脚落地，左腿屈膝提起；同时，右手持枪向右下方扎出；左手松把，经腰间向左后上方推掌；目视枪尖。

动作要点： 起跳协调；下扎力达枪尖。

提膝019

传统术语：月挂松梢。

现代术语：提膝左下扎枪。

源流：查拳体系大花枪。

技法：扎。

动作过程： 右脚上步，左腿屈膝提起；同时，双手持枪回抽，右手握把架于头顶上方，随即使枪尖向左下方扎出；目视枪尖。

动作要点： 右手回抽拉枪，下扎有力；力达枪尖。

提膝020

传统术语：脱身换影。

现代术语：转身跳提膝立枪。

源流：查拳体系锁喉枪。

技法：戳。

动作过程：（1）左脚上步，右脚扣于左腿腘窝处；同时，双手持枪向前推送枪把；目视枪尖。

（2）左脚蹬地向后起跳，右脚落步，左腿屈膝提起；同时，左手滑把至枪身前段，随即向下戳把立枪于地上，枪尖向上；目视左方。

动作要点：送枪扣腿保持身体平衡；戳把力达把端。

5 跳跃

5.1 直体

二起脚001

传统术语：过背枪。

现代术语：背枪二起脚。

源流：少林十三枪第二十七式。

技法：背。

动作过程：（1）身体右转；同时，左手握枪，使枪尖由上向下划弧至左后方，枪身贴于背后；目视前方。

（2）右脚蹬地起跳，左腿屈膝提起；同时，右脚面绷直向前上踢击，右掌向前伸出击拍脚面；目视前方。

动作要点：身械圆活连贯；背枪贴身。

5.2 垂转

旋风脚001

传统术语：追风逐月。

现代术语：趋步拉枪旋风脚。

源流：《纪效新书》第十八式。

技法：拖。

动作过程：右手拉枪，左脚、右脚依次上步，右脚蹬地腾空跳起，左腿弧形向左跨越枪身，右腿向前上里合摆腿；同时，以左手心拍击右脚掌；目视前方。

动作要点：左腿弧形跨越勿触及枪身；里合击拍要响亮。

5.3 跳步

跳步001

传统术语：旋风枪。

现代术语：跳步中平枪。

源流：少林十三枪第九式。

技法：劈、挑。

动作过程：（1）右脚上步翻身起跳，左脚、右脚依次落地；同时，双手持枪随转体向下劈枪；目视枪尖。

（2）右脚翻身起跳，左脚、右脚依次落地，右腿屈膝成右弓步；同时，双手持枪随转体向上撩枪，随即向前扎枪；目视枪尖。

动作要点：眼随枪走；劈、挑力达枪身前端。

跳步002

传统术语：黄龙起风。

现代术语：跳马步劈枪。

源流：少林十三枪第十八式。

技法：劈。

动作过程： 右脚向前上步，左脚上步蹬地跳转360°，双腿屈膝成马步；同时，双手持枪随转体由上向下劈枪；目视枪尖。

动作要点： 动作连贯，身械协调；劈枪力达枪身前段。

跳步003
传统术语：鹞子翻身。
现代术语：跳劈枪。
源流：少林拳体系。
技法：劈。

动作过程： 左脚向前上步，右脚上步蹬地跳转360°，左脚、右脚依次落地成马步；同时，双手持枪经身体左侧立圆舞花一周，随即随转体由上向下劈枪；目视枪尖。

动作要点： 身械协调，眼随枪走；劈枪力达枪身前段。

跳步004
传统术语：游龙返身。
现代术语：反身跳扎枪。
源流：少林拳体系。
技法：扎。

动作过程：左脚向左开步蹬地跳转360°，右脚、左脚依次落地成右弓步；同时，双手持枪随转体划弧一周，随即向前推把扎枪再迅速抽回；目视枪尖。
动作要点：扎枪迅速，短促有力；力达枪尖。

跳步005

传统术语：银蛇探洞。

现代术语：跳转下扎枪。

源流：《纪效新书》第十八式。

技法：扎。

动作过程： 左脚上步蹬地跳起，身体腾空左转，左腿屈膝提起；同时，右手握枪把向前下扎枪；左手屈臂立掌于右胸前；目视枪尖。

动作要点： 腾空跳转要快，落地要稳；下扎枪力达枪尖。

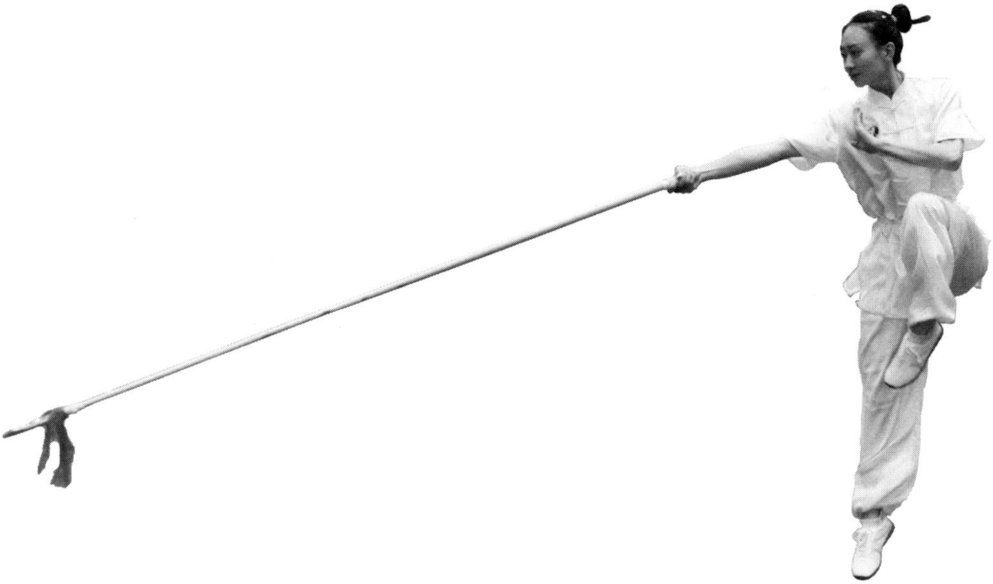

跳步006

传统术语：斗折蛇行。

现代术语：跳转劈枪。

源流：《纪效新书》马家枪十七式。

技法：劈。

动作过程： 左脚向左跨步，蹬地向右起跳，右脚、左脚依次落地成半马步；同时，双手持枪随转体弧形绕挂一周，随即向前劈枪，右手握把端，枪尖向左；目视枪尖。

动作要点： 跳步轻灵；劈枪力达枪身前段。

跳步007

传统术语：虎跳探路。

现代术语：单手握枪扫腿腾跃。

源流：《纪效新书》第十九式。

技法：扫。

动作过程：左脚、右脚依次向前上步，随即左脚上步起跳，右腿向前上方踢摆，右脚落地后成燕式平衡；同时，右手握枪使枪把经右腿下方由前向后弧形平扫，左掌落于身体左侧，上体前倾；目视前下方。

动作要点：跳跃扫把时双腿勿触及枪身；扫枪力达枪身前段。

跳步008
传统名称：龙腾劈冠。
现代名称：平拨挑劈枪。
源流：大旗枪。
技法：劈。

动作过程： 右脚向后撤步，双脚蹬地腾空左转，左脚、右脚依次落地，右腿在前屈膝，左膝跪地；同时，双手持枪向左后方平拨，随即立圆抡劈；目视枪尖。
动作要点： 跳步轻灵；劈枪力达枪身前段。

跳步009
传统术语：撞阵冲军。
现代术语：跳步单手扎枪。
源流：查拳体系锁喉枪。
技法：扎。

动作过程： 右手架枪；右脚、左脚依次向前上步。随即右脚上步转身蹬地起跳，左脚向后摆起；同时，右臂屈肘，右手持枪把落于胸前，在空中向前扎枪；左掌向左后方平伸；目视枪尖。
动作要点： 上步不要重心起伏，跃起时单臂扎枪呈水平直线；力达枪尖。

跳步010
传统术语：猛虎撅尾。
现代术语：转身盖跳步撩把。
源流：查拳体系大花枪。
技法：撩。

动作过程： 左脚上步，转身右脚蹬地起跳，落地后左腿挺直，右腿屈膝提起；同时，双手持枪向下经体前随转体向左撩起，左手滑握至枪颈处，枪把向左；目视枪把。

动作要点： 撩把时双手交叉；力达把端。

跳步011
传统术语：鱼尾雁行。
现代术语：跳撩腿单手扎枪。
源流：查拳体系大花枪。
技法：扎。

动作过程：左脚上步蹬地起跳，随即向右腿后撩起，右脚落地；同时，左手脱把，左掌架于头顶上方；右手持枪向右水平扎出；目视枪尖。

动作要点：跳步轻灵，扎枪力达枪尖。

6 械法

6.1 抛接枪

抛枪001

传统术语：燕子钻云。

现代术语：抛接握把。

源流：查拳体系锁喉枪。

技法：摔。

动作过程： 右脚上步屈膝下蹲；同时，右手握枪由上向下摔把。起身后右手向前上方抛送枪头，使枪脱手在空中沿立圆旋转，右手再前伸及时接握枪把；目视前方。

动作要点： 摔枪有力；抛枪抖腕。

抛枪002
传统术语：提柳换杆。
现代术语：抛接枪。
源流：锁扣枪第五十二式。
技法：挑。

动作过程：右腿直立，左膝提起；右手握枪颈处向前上抛枪，使枪身向前翻转，右手接握枪把；目视前方。

动作要点：抛枪迅速；单手接握枪把。

6.2 舞花

舞花枪001

传统术语：舞袖藏针。

现代术语：舞花反穿枪。

源流：形意枪。

技法：格、穿。

动作过程： 右脚、左脚依次向前上步；同时，双手持枪经身体两侧立圆舞花，随即向后反穿枪；目视枪尖。

动作要点： 舞花、穿枪动作要连贯协调。

6.3 穿枪

穿枪001
传统术语：白鹤穿云。
现代术语：背后穿接枪。
源流：查拳体系锁喉枪。
技法：穿。

动作过程：（1）左脚向前上步；同时，右手内旋反握枪把，枪身贴于后背；目视枪尖。
（2）右脚向前上步；同时，右手手指用力将枪向前送出，使枪向前经左掌穿出脱手，右手接握枪把；左臂由前向后伸出；目视枪尖。
动作要点：背后穿枪必须紧贴后背；右手接握枪把。

穿枪002

传统术语：裂石穿云。

现代术语：转身左右绕喉穿枪。

源流：查拳体系锁喉枪。

技法：穿。

动作过程：（1）左脚上步，身体右转，双脚开立；同时，左手向右推送枪，使枪杆经喉在右掌上平滑穿行，左手松开枪身，右手握住枪颈处；目视枪把。

（2）向右后转体180°，右脚后撤一步，双脚开立；同时，左手向右推送枪把，使枪杆经喉前在右掌上平滑穿行，左手松开枪身置于身体左侧，右手及时握住枪把；目视枪尖。

动作要点：穿枪必须经喉前直线穿出。

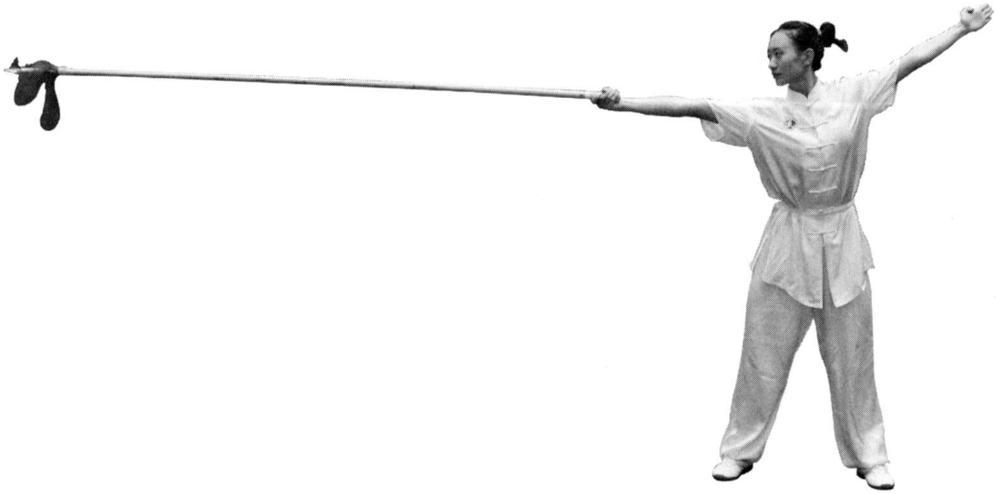

6.4 绕背枪

绕背枪001
传统术语：龙翻虎绕。
现代术语：绕背枪。
源流：查拳体系大花枪。
技法：格挡。

动作过程： 右脚向后撤步，身体向右转体180° 双腿挺直；同时，双手持枪随转体在体后立圆绕行一周，枪身斜立于体侧，枪尖向前上方；目视枪尖。

动作要点： 枪身要贴背立圆。

6.5 挑把

挑把001

传统术语：龙拿虎跳。

现代术语：跳步挑把。

源流：查拳体系锁喉枪。

技法：挑。

动作过程：左脚上步蹬地跳起，向右腿后撩起，右脚落地；同时，双手持枪经身体右侧由下向上挑把；目视枪把。

动作要点：空中跳起同时挑把；力达把端。

6.6 点扎枪

点扎枪001
传统名称：闭地探路。
现代名称：点扎枪。
源流：查枪体系锁口枪。
技法：点、扎。

动作过程：（1）右脚上步蹬地起跳，左脚落地，右脚扣步；同时，身体左转，双手持枪由后向前弧形平点；目视枪尖。
（2）右脚再向后落步屈膝成左弓步；同时，双手持枪做拦拿动作，随即向前扎枪；目视枪尖。

动作要点：身械协调一致；点枪、扎枪力达枪尖。

6.7 挂枪

挂枪001
传统名称：翻转乾坤。
现代名称：挂压枪翻身扎枪。
源流：查枪体系锁口枪。
技法：挂、压。

动作过程：（1）身体右转，左脚经右脚前向右盖步，双腿交叉屈膝；同时，双手持枪使枪尖由右向左立圆滑动，右手换握至枪把。
（2）双脚原地拧转，右脚上步屈膝成右弓步；同时，身体向右翻转，随即双手持枪向前平扎，枪尖向前；目视前方。

动作要点：盖步、翻身要快，扭转要稳；扎枪力达枪尖。

挂枪002

传统名称：铁牛耕田。

现代名称：转身左右挂枪。

源流：查枪体系锁口枪。

技法：挂。

动作过程： 右脚、左脚依次向前上步，右腿屈膝，左脚点地成左虚步；同时，双手持枪使枪尖经身体两侧弧形向前方挂举，枪尖向下；目视前方。

动作要点： 转身上步要轻灵；挂枪力达枪身前端。